Narratori **€** Feltrinelli

Banana Yoshimoto
Su un letto di fiori

Traduzione di Gala Maria Follaco

Titolo dell'opera originale
花のベッドでひるねして
(*Hanano beddo de hirune shite*)

© 2013 Banana Yoshimoto
Japanese original edition published by The Mainichi Newspapers
Italian translation rights arranged with
Banana Yoshimoto through Zipango, s.l.

Traduzione dal giapponese di
GALA MARIA FOLLACO

© Giangiacomo Feltrinelli Editore Milano
Prima edizione ne "I Narratori" settembre 2021

Stampa Grafica Veneta S.p.A. di Trebaseleghe - PD

ISBN 978-88-07-03458-9

www.feltrinellieditore.it
Libri in uscita, interviste, reading,
commenti e percorsi di lettura.
Aggiornamenti quotidiani

razzismobruttastoria.net

Avvertenza

Per la trascrizione dei nomi giapponesi è stato adottato il sistema Hepburn, secondo il quale le vocali sono pronunciate come in italiano e le consonanti come in inglese. Si noti inoltre che:

ch è un'affricata come la *c* nell'italiano *cesto*

g è sempre velare come in *gatto*

h è sempre aspirata

j è un'affricata come la *g* nell'italiano *gioco*

s è sorda come in *sasso*

sh è una fricativa come *sc* nell'italiano *scelta*

w va pronunciata come una *u* molto rapida

y è consonantica e si pronuncia come la *i* italiana.

Il segno diacritico sulle vocali ne indica l'allungamento.

Seguendo l'uso giapponese, il cognome precede sempre il nome (fa qui eccezione il nome dell'autrice).

Per il significato dei termini stranieri si rimanda al Glossario in fondo al volume.

Su un letto di fiori

Mi hanno trovata su una spiaggia, tra le alghe. Appena nata. Qualcuno aveva adagiato una coperta variopinta sopra gli strati di alghe e mi aveva posato lì, proprio nel mezzo. Anche se non ne ho memoria, deve essere per questo che vedere il mare in primavera suscita in me una certa nostalgia.

È come un ricordo vago, una forma di bellezza, la dolcezza di uno sguardo, e poi paura, una presenza minacciosa. A turno vigilano su di me, che sono ancora una neonata.

Di tanto in tanto torna anche la sensazione di essere fasciata in una materia elastica e morbida (quella penso che sia piuttosto la memoria fisica, sepolta da qualche parte dentro di me, delle alghe fresche. Infatti ho l'abitudine di giungere le mani e rendere grazie sottovoce ogni volta che mangio le alghe *wakame*. E nelle notti più tristi mi addormento sgranocchiando *wakame* essiccate. Al risveglio, quando i pezzetti di alga hanno rilasciato nella mia bocca il profumo del mare, tutto è passato. La tristezza è stata assorbita dalle alghe).

Quando il vento fresco soffia dolcemente sulle dune o quando le sferza, e le foglioline nuove inverdiscono gli alberi, e i fiori selvatici spuntano dalla dura terra, quando sto in riva al mare col naso in su e mi sembra che il cielo azzurro possa scorrere via e svanire, in quei momenti provo un'emozione che non so spiegarmi, come se mi trovassi in un luogo sconfinato.

Allora mi dico che sono felice di essere venuta al mondo e mi sento piccola e grande, anzi infinita, al tempo stesso.

Ciò che provo in quei momenti è una sensazione unica, composta al trenta per cento da tristezza, al sessanta da esaltazione e al dieci da una specie di brivido freddo, come quando si osserva una fila di formiche e si crede di avere afferrato le leggi che regolano l'universo. Sapendo però che basterebbe fare un passo per schiacciarle tutte. Una sensazione complicata da spiegare.

Quando ero appena nata non conoscevo ancora il dolore degli adulti, quindi non penso che l'abbandono mi abbia reso triste.

Viste le circostanze del mio arrivo a casa loro, però, gli Ōhira non sono esattamente la mia famiglia.

In teoria dovrei considerarli semplicemente come coloro che mi hanno allevata, ma da che mi ricordo sono stati sempre i loro sorrisi a vegliare su di me, e siccome mi hanno accolta in modo incondizionato e mi hanno dato tutto l'affetto possibile, non saprei come definire quelle persone se non come la mia famiglia.

"Nonno, papà, mamma, zio Akio."

Ecco i nomi della famiglia che mi ha cresciuto, una famiglia per me insostituibile.

La nonna all'epoca era già morta, quindi non l'ho mai conosciuta.

Tutti, compresi i vicini, mi hanno sempre detto che il mio arrivo ha portato una ventata di buonumore nella casa degli Ōhira, che era sprofondata nella tristezza in seguito alla morte della nonna, una persona solare e amata da chiunque la conoscesse.

Anche per questo non mi sono mai sentita sola. Tutti facevano a gara per prendermi per mano e portarmi ovunque andassero.

Ci sono stati anche momenti in cui, a dispetto di ogni logica, mi scoprivo incapace di interpretare i reali sentimenti di quella famiglia.

Pur essendo così benvoluta, mi capitava di fare certi pensieri.

Un giorno, quando ero solo una neonata, qualcuno aveva deciso che non gli servivo e che potevo anche morire. Mi aveva abbandonato senza curarsi affatto delle mille persone che sarei potuta diventare, delle parole d'affetto che avrei potuto rivolgergli una volta cresciuta.

La bambina forse aveva pianto o forse aveva riso, ma quel qualcuno non si era lasciato intenerire.

Queste riflessioni suscitavano in me sensazioni indecifrabili. Mi fu presto chiaro che più andavo a fondo e più le cose diventavano difficili. Sentivo le gambe tremare, la vista offuscarsi.

Ma ero a casa mia, mi bastava guardarmi intorno perché il mio corpo riprendesse a funzionare come quello di un qualsiasi altro componente della famiglia. Nel difficile periodo dell'adolescenza, in particolare, credo di aver sviluppato un forte attaccamento nei loro confronti. Che poi, in modo del tutto naturale, si è trasformato in una delle tante parti della mia vita per diventare infine come una solida roccia, una specie di religione.

A furia di ripagare il bene con il bene, il risentimento verso i miei veri genitori si è affievolito.

Lo consideravo come un segno che la ferita si era rimarginata. Prima viene il dolore, poi il sangue, quindi le cure, a poco a poco si forma una crosta che poi comincia a staccarsi in vari punti e intanto, lentamente, affiora un nuovo strato di pelle che diventerà quella definitiva.

Lascio il villaggio poche volte all'anno, non ho nemmeno il passaporto. Dopo il liceo ho sempre dato una mano al bed & breakfast di famiglia e sono contenta così. Quando mi chiedono come mi chiamo rispondo subito, senza pensarci un istante: "Ōhira Miki".

È stata la mia famiglia, e non chi mi ha messo al mondo, a darmi questo nome, che definisce solo e soltanto me.

Quando penso che mi è stato concesso di vivere provo una sensazione di pace: è come se avessi messo radici nel terreno.

Ma dentro di me so bene che tante persone nella mia condizione sono morte prima ancora che qualcuno potesse dar loro un nome.

Ecco perché sento sempre una parte di quelle vite sopra le mie spalle. Se vivo è anche per quelle creature. Le mie azioni quotidiane forniscono loro il nutrimento di cui hanno bisogno.

Per il dolore, il freddo, la fame che hanno patito prima di morire.

Mentre gli altri bambini scherzavano o bisticciavano in famiglia, mentre dormivano sonni tranquilli, loro perdevano la vita senza che nessuno si voltasse a guardarli. Quando li penso ho un gran desiderio di pregare.

Se sono ancora qui è perché ho avuto fortuna. Qualche volta vorrei dire loro: "Mi dispiace per voi. Ma una parte del mio corpo continuerà per sempre a sentire la vostra presenza. Quindi siate sereni e riposate, lì in paradiso".

Dicono che a mia madre asportarono le ovaie dopo averle scoperto un cancro allo stadio iniziale. Era ancora molto giovane e non aveva avuto figli. Una sera, mentre preparava la cena, uscì di casa all'improvviso dopo aver detto solo: "Oh, no, non ce la faccio. Devo andare a vedere o non riuscirò a darmi pace. Sento che sulla riva del mare c'è un neonato che mi aspetta. Tira un vento freddo e lui è lì al gelo. Devo correre, devo fare in fretta".

Quindi salì in macchina e si diresse verso la spiaggia.

Ci vogliono quindici minuti da casa alla spiaggia, e vedendo la mamma partire a gran velocità, gli altri componenti della famiglia restarono a guardarsi sbalorditi e a dire: "Che le è preso a Toshiko, così di punto in bianco?", ma poi quando tornò, in lacrime e tremante, tra le sue braccia c'ero io.

Me lo hanno detto tante volte fin da quando ero piccola: quel giorno c'era un'atmosfera quasi sacrale, un'infusione di speranza che sembrava di essere avvolti da una luce. Ecco perché me ne hanno sempre parlato: non hanno mai cercato di tenermelo nascosto, nulla contava più della felicità che avevo portato loro.

Quella semplicità è stata la mia salvezza.

Parlavano del mio ritrovamento in riva al mare con la stessa naturalezza con cui avrebbero raccontato un primo incontro in ospedale, subito dopo il parto, e la loro tranquillità mi convinceva ogni giorno di più che ero felice di essere venuta al mondo.

Per la mia famiglia il nostro incontro era voluto dal destino, per questo l'avermi presa così, senza alcuna esitazione, era motivo di gioia. Pare che la pratica per l'adozione sia stata complicata, ma alla fine sono diventata a tutti gli effetti un membro della famiglia Ōhira. Lo ripetono sempre, e con orgoglio: se nella vita succedono cose del genere, allora ne vale la pena.

Non lo dicono per delicatezza nei miei confronti, ma perché custodiscono il ricordo del giorno in cui sono arrivata a casa loro come qualcosa di semplicemente meraviglioso. E allora lo ripetono sempre, perché per loro è una cosa normale. Se dovessi spiegare a parole quanto tutto questo mi abbia incoraggiato non saprei neanche da dove cominciare.

Quando ci penso sento come una sorgente di luce che mi sgorga nel cuore e si diffonde per tutto il corpo.

Mia madre diceva sempre: "Com'è che si chiamava, Kitarō? Non se l'erano ritrovato in casa più o meno allo stesso modo?

La mamma era un fantasma e non poteva allevarlo, quindi lo ha preso in braccio e lo ha tirato fuori dalla tomba. È una bella storia, no?".

Be', in quel caso si parla di spiriti e comunque non mi pare una storia poi così bella, pensavo tra me, ma a mia madre metteva così tanta allegria che quando ne parlava gli occhi le diventavano fessure sottili come spicchi di luna, quindi ero felice anch'io.

Durante l'adolescenza, però, se mi capitavano piccoli contrattempi come dimenticare le chiavi di casa mentre erano tutti fuori, e magari veniva anche a piovere e non avevo con me né ombrello né soldi... in momenti del genere alzavo gli occhi al cielo e sentivo affiorare nel cuore figure confuse. A generarle non poteva essere altro che il mio codice genetico, sul quale non riuscivo a esercitare alcun controllo.

Arrivavano all'improvviso e ogni volta restavo stupita.

Qualcosa di nero ribolliva in profondità. Ero una persona abbandonata, una persona inutile. Potevo piangere o ridere, ma non ero stata capace di intenerirle. Ecco che persona ero. E di sicuro non sarei mai cambiata.

C'è stato un tempo in cui proprio non riuscivo a contenere questo vortice straripante di emozioni.

Sedevo su una panchina dura e gelida alla fermata dell'autobus, nuvole cariche di pioggia ingrigivano il cielo a perdita d'occhio, i calzini fradici mi si erano arrotolati nelle scarpe e pensavo che non avrei mai più rivisto la luce.

Ma andando sul fondo di quella massa scura scorgevo d'improvviso un bagliore inaspettato. Vedevo il sorriso di mia madre quando mi aveva trovato, la mia famiglia che mi aveva cresciuto nel modo più naturale possibile, senza cercare di compensare con un affetto eccessivo le circostanze del mio arrivo a casa loro.

Fra poco qualcuno rientrerà, mi rimproverrà per essermi dimenticata di portare con me le chiavi, mi aprirà la porta.

Tutt'a un tratto l'immagine della porta aperta si sarebbe sovrapposta al mio cattivo umore e mi avrebbe scaldato il cuore.

In quei momenti sentivo nascere in me una preghiera.

Anche se adesso sono abbattuta, fra poco arriverà mia madre o mio padre, o forse lo zio, o magari il nonno. Andremo insieme fino alla strada con i negozi e faremo fare una copia delle chiavi, poi torneremo con calma. Hanno sempre una gran voglia di passeggiare con me. È così bello sapere che qualcuno desidera starti accanto.

Poi si farà ora di cena. I nostri corpi si muovono al ritmo quotidiano dei preparativi: con lo stufato si usano questi piattini, poi servono questi aromi, e questi altri.

Mi bastava perdermi in tali pensieri per sentire il mio corpo tornare sulla stessa lunghezza d'onda del resto della famiglia. La prova che quella era la mia casa. Non dovevo avere dubbi.

L'umore stentava a migliorare, nonostante la luce quella massa nera non accennava a dissiparsi. Ma ciò che contava davvero era comprendere il significato di quei momenti e di quelle figure.

E poi, con il passare degli anni, gli uni e le altre se ne sono andati spontaneamente.

Sentendo la storia della mia vita, i più pessimisti potrebbero provare pena per me.

Ma per fortuna io non mi sono mai sentita veramente infelice. Anzi, il mio pensiero fisso è sempre stato che "la vita è un sogno". Un sogno stupendo fatto di una moltitudine di cose diverse.

A convincermi che non sto sognando sono le piante annerite dei piedi quando cammino sul pavimento sporco, il cattivo odore del bucato da fare, il fatto che dopo aver mangiato o bevuto dovrò andare in bagno: è così che il mio corpo capisce che la vita non è "tutta un sogno".

Anzi, direi quasi che il nostro corpo serve proprio a questo.

Al bed & breakfast c'è sempre qualcosa da fare, anche se non abbiamo ospiti, e si tratta di un lavoro piuttosto faticoso. Decidi di fare una cosa, ma quando arriva la sera sei a malapena a metà. Nel corso degli anni mi sono occupata di informatizzare una serie di procedure per facilitare i miei genitori, ma mentirei se dicessi che le mansioni che svolgiamo quotidianamente sono diventate meno gravose e stancanti. E a complicare le cose, a seconda del periodo, ci si mettono anche il mal di schiena, le emicranie, i dolori mestruali.

Ciononostante la mia visione della vita è solida, non vacilla mai.

Nei momenti di difficoltà cerco di fare quello che posso, lascio che siano i miei familiari a occuparsi del resto e me la prendo comoda. Non incolpo nessuno, mi affido al cielo e lascio che la terra assorba tutta la stanchezza.

La maggior parte delle persone non si accorge di avere intrecciato una rete e di esserci finita dentro. Mi sembrano tante vittime dei loro stessi incantesimi, chiuse nella solitudine dei loro sogni.

C'è già l'incanto in cui viviamo che è così grande, eppure loro si infilano in una capsula trasparente, con una benda sugli occhi e le cuffie sulle orecchie, e parlano a voce bassa.

Ma in fondo è bello anche così.

Si può vivere seguendo i propri ritmi, dimenticandosi del dolore, prendendo il sole come fanno i bambini, lasciandosi accarezzare dal vento, mangiando cose buone e sorridendo.

Ogni tanto ritorno bambina. E sono felice che il contesto in cui vivo me lo permetta.

E quando la stanchezza me lo fa dimenticare, la mattina dopo mi sveglio, ci ripenso, e mi rendo conto di vivere in estasi.

Che divertimento ieri, come sono stata bene. È giusto che mi capitino cose così belle? Ecco cosa penso in cuor mio. È stato così fin dall'infanzia.

I miei familiari, quando sto così, mi chiamano "il semino felice che abbiamo raccolto in riva al mare".

La casa degli Ōhira si trova a Ōoka-mura, un villaggio a strapiombo sul mare alle spalle di un grande tumulo che ha la forma di una collina.

Trovandosi così vicino a un tumulo funerario, in passato era circondato da cimiteri e nessuno voleva viverci, quindi non ha molti abitanti. La città più vicina è a quindici minuti d'auto in direzione del mare. Nel nostro villaggio ci sono l'ufficio postale, un ambulatorio e gli uffici del comune, ma per tutto il resto dobbiamo andare in città. Compresi supermercati e *konbini*.

Il clima è quello tipico degli altopiani, mite un po' dappertutto, con mattine fresche di rugiada e il cielo spesso nuvoloso.

Vicino a casa abbiamo sorgenti d'acqua e pascoli di mucche, pecore e cavalli.

Poiché si trova in una posizione elevata, si riesce a vedere il mare da qualsiasi punto.

È una zona fuorimano e di interesse archeologico, il che ha consentito di preservarne l'ambiente naturale, e anche la bellezza del villaggio è ancora intatta.

Treni non ce ne sono e dalla stazione più vicina partono solo due autobus al giorno, infatti non viene quasi nessuno a eccezione, chissà perché, di inglesi alla ricerca di stimoli spirituali, escursionisti e vecchi hippie.

Mio nonno, che ora non c'è più, ha vissuto a lungo nella città inglese di Glastonbury e al ritorno in Giappone ha aperto il nostro piccolo bed & breakfast, il Big Hill. Glastonbury è un luogo un po' mistico e, tra il passaparola e una convenzione che abbiamo con il bed & breakfast dove lavorava il nonno là in Inghilterra, sono molti i turisti di quelle parti che vengono a farci visita.

Siccome parliamo inglese, siamo finiti su alcune guide anglofone, e questo ci ha portato anche ospiti americani.

Non la definirei un'attività fiorente, ma ha dato da vivere ai miei nonni, ai miei genitori e al fratello minore di mia madre, lo zio Akio.

Ricordo che quando ero bambina c'è stato un periodo in cui le cose andavano piuttosto bene.

Dopo la morte di mio nonno le prenotazioni sono diminuite di colpo, ma quelli che gli volevano bene e i turisti che dopo la prima visita si erano affezionati a Ōoka-mura sono sempre tornati. Da allora abbiamo cominciato ad aprire solo quando ci sono prenotazioni, e adesso che sono adulta faccio anch'io la mia parte.

Mi piacerebbe ereditare il nostro piccolo bed & breakfast, ma non posso prevedere come andranno le cose, se effettivamente le persone continueranno a venire in un posto così fuorimano.

Mio nonno era una persona speciale, aveva il potere di calamitare tutto quello che desiderava.

Questo suo potere attirava molte persone, che venivano per chiedergli consigli o conoscere la sua visione delle cose. Non voleva mai denaro in cambio, con il risultato che a casa nostra abbondavano le cibarie ricevute come segno di gratitudine, e anche quando non c'erano ospiti non correvamo il rischio di morire di fame.

All'estero, come in Giappone, la gente lo chiamava "il maestro di Ōoka-mura", e in fin dei conti si può dire che ai tempi in cui il nonno era in vita ce la passavamo piuttosto bene. C'era chi veniva da lontano al solo scopo di trascorrere insieme un po' di tempo.

Passeggiavano con lui, scambiavano due chiacchiere, lo

aiutavano nell'orto e poi si fermavano a dormire. Si godevano l'aria fresca dell'altopiano, il delizioso fish and chips e il tè al latte della mamma, insomma se la prendevano comoda. E alla fine del soggiorno erano rinati.

Noi di famiglia, invece, approfittavamo del suo potere senza fare troppi complimenti.

Da sempre, se qualcuno chiedeva: "Nonno, voglio un gelato", lui sorrideva e rispondeva: "Va bene. Il gusto però non lo posso scegliere".

Dopo un po' un vicino passava e ci regalava del gelato avanzato, oppure lo portava la nonna di ritorno dai suoi giri per la spesa.

A quanto ricordo, di solito i desideri venivano esauditi in giornata, qualche volta bisognava aspettare l'indomani. Quando capitava, il nonno si metteva a ridere e diceva: "Ce n'è voluto di tempo!".

Se però cercavamo di metterlo alla prova, chiedendo per esempio un'automobile, potevamo star certi che non avrebbe funzionato. Ma una volta che mio padre era in serie difficoltà per via di un guasto al motore, il nonno vinse un'auto alla lotteria. A noi serviva un pick-up e invece ci toccò una berlina, quindi dovemmo rivenderla, il che complicò un po' le cose, ma fu comunque un episodio magico.

Un'altra volta mio padre, che faceva lo scultore, disse che avrebbe voluto un laboratorio tutto per sé, e proprio allora il nonno ricevette da un amico di vecchia data tutto l'occorrente per costruire una casetta di legno. Le fondamenta richiesero un mucchio di lavoro e anche di soldi, ma alla fine mio padre ebbe il suo piccolo laboratorio di legno su un appezzamento di terreno proprio accanto al cottage in stile inglese dove abitavamo.

Che dire? Se ottenessimo tutto ciò che vogliamo esattamente quando e come lo vogliamo vorrebbe dire che ci troviamo in paradiso, in fondo queste piccole discrepanze sono perfette per il mondo in cui viviamo. Facevamo spesso discorsi come questo.

Ogni volta che il nonno "attirava" qualcosa, tutt'intorno si diffondeva una luce che evocava atmosfere miracolose. Una luce si irradiava dal nonno stesso.

Gli esseri umani sono parte della natura, e sono certa che sanno regalare momenti di stupore esattamente come fanno il mare, le montagne e il cielo.

Ho capito che ciò che voglio nella vita è imparare a moltiplicare quei momenti.

Una mattina, mentre guardavamo un programma sui Queen alla tv, il nonno si emozionò visibilmente e disse: "Freddie era un dio, anche se si muoveva troppo".

E aggiunse che voleva una T-shirt dei Queen.

Pensai che in un villaggio fuori dal mondo come quello in cui abitavamo non sarebbe mai riuscito a procurarsela, ma quando tornai a casa dopo la scuola, lo trovai che schiacciava un pisolino in salotto con indosso proprio una T-shirt dei Queen.

Diedi un colpetto alla spalla di mia madre, intenta a preparare la cena, e feci un cenno con la testa in direzione del nonno. Vederla cucinare ha sempre avuto su di me un effetto calmante, fin da quand'ero una bambina. I gesti misurati, la postura rilassata, il ritmo regolare. Era una sequenza di gesti unica, attenta, energica, in grado di trasmettere un senso di pace che neanche l'approssimarsi della fine del mondo avrebbe potuto scalfire.

Mia madre si voltò e disse: "Ah, quella? Ha detto che è caduta dal cielo".

"Nel senso che è volata via dallo stendino di qualcuno?"

"Ha detto che se l'è messa senza starci a pensare più di tanto," rise. "Ma la cosa più buffa sai qual è?" aggiunse con occhi sognanti. "Dice che all'improvviso ha sentito del calore proprio sulle spalle, un tocco soffice, come quando una mamma rimbocca le coperte al suo bambino, e poi è arrivata la T-shirt. Da quando me l'ha detto, ogni volta che ci ripenso sembra anche a me di sentire quell'abbraccio caldo."

Quando si svegliò provai a chiedergli come se la fosse procurata.

"E così l'hai trovata, eh? Anche in questo posto fuori dal mondo. E mica di un altro gruppo, proprio dei Queen. Sei un fenomeno, nonno."

"Se uno non se la spassa alla mia età... Cose brutte ne capitano, ma in linea di massima ci si diverte. Stavolta però non è tutto merito mio: è Freddie quello in gamba. Era un grande comunicatore, per questo riesce a sentire ciò che desideriamo."

Annuii.

"Se uno sa comunicare, le cose le sente. È per questo."

"Questo significa che muoversi troppo, in fondo, è una cosa buona?"

"Stammi a sentire. È vero che Freddie si muoveva in continuazione, così come è vero che sapeva esattamente quando fermarsi, ma questo non vuol dire niente. Ciò che conta è che non cambiava mai. Se si fosse mosso giusto un po' di più sarebbe diventato qualcosa di diverso, invece era dotato di un istinto fisico che gli permetteva di capire fin dove poteva spingersi."

Ero perplessa. Che intendeva per "qualcosa di diverso"?

"Siamo esposti ogni giorno a una sorta di trappola che ci spinge a diventare qualcosa di diverso. Resistere non significa soltanto restare come siamo. Se così fosse, tutti sarebbero capaci di fare ciò che faccio io. Per ognuno di noi il 'diverso' è, per l'appunto, diverso. La tentazione si insidia proprio là dove custodiamo la parte migliore di noi, e ogni giorno facciamo qualcosa di leggermente 'diverso', come se prendessimo in prestito dieci yen, poi cento yen per volta. Senza rendercene conto ci spingiamo troppo in là e succede qualcosa che non ci saremmo mai aspettati, mentre ciò che realmente desideriamo ci arriva solo dopo moltissimo tempo.

Ciò che conta è quanto riusciamo a resistere alla tentazione. Poi qualche volta otteniamo qualcosa, ed è la prova che ce la siamo cavata. La vita è un ripetersi continuo di questo gioco: quanto ci insegna l'esperienza? Come affronteremo le successive tentazioni? Il modo migliore per capire come giocare è pensare che siamo noi stessi a stabilire le regole nel momento esatto in cui veniamo al mondo. Non si tratta di dotarsi di una visione ben definita per perseguire un obiettivo né tantomeno di comportarsi bene perché ci sembra giusto. Ognuno di noi ha dentro di sé l'equilibrio impietoso e millimetrico con cui si opporrà alle tentazioni che verranno. Il Buddha ci dice che nascita, malattia, vecchiaia e morte sono inevitabili, ma io penso che se riusciamo a tenere lontane le tentazioni possiamo finire con una nota di speranza."

Annuii. Trovavo notevole che anteponesse il proprio pensiero a quello del Buddha.

"Miki, scommetto che pensi che sto anteponendo il mio pensiero a quello del Buddha," disse sorridendo. "Vedi, se non pensi di essere il dio del tuo personale universo, non potrai mai vederlo nella sua interezza. Non credo che i grandi del passato mancassero di rispetto a coloro che li avevano preceduti. Ma se non ci prendiamo cura della nostra vita non lo farà nessuno al posto nostro. Se invece ci occupiamo di noi, allora anche Dio, o Buddha, o la Madre Terra faranno lo stesso.

Quando Toshiko desiderava un figlio, ho pregato per lei. Fa' che abbia un bambino. Non pensavo che saresti arrivata in quel modo, ma sei arrivata. È stato il dono più grande che la vita ci abbia fatto. Al confronto questa T-shirt è ben poca cosa.

La capacità di attrarre le cose, in altre parole, è soprattutto una questione di desiderio, dirai tu. Nel mio caso però non è proprio così. Solo dove viene meno il desiderio si apre un mare immenso, sconfinato. Il mare è dotato dell'equilibrio più perfetto. Nuoto in quel mare e mi nutro del minor numero possibile di pesci. Non serve essere famosi, basta accontentarsi del necessario: una volta presa questa decisione si ha tutto ciò che serve.

La vita dovrebbe somigliare a un sonnellino su un letto di fiori. Il tuo pregio maggiore, Miki, è che conosci il valore della felicità. Vai bene così come sei. Vivi come in estasi, distesa su un letto di fiori. Certo la vita è difficile, dura, piena di sofferenze. Ma si deve vivere come su un letto di fiori, qualsiasi cosa ci dicano gli altri, anche se non dovessero comprendere. Bisogna sentirsi sempre come mi sento io adesso: rinato dopo un sonnellino."

Capii che il nonno sapeva ciò che provavo e ne fui felice. Decisi che avrei custodito a lungo quelle parole dentro di me.

Quando è morto, naturalmente, nella bara portava la sua T-shirt dei Queen.

Che lo avvolgeva in un morbido abbraccio piovuto dal cielo.

A quest'ora il nonno avrà già incontrato Freddie e gli starà dicendo: "Hai talento, ma ti muovi un po' troppo".

Un principio d'inverno, anni addietro, la sinistra ed eccentrica signora che abitava in una casa diroccata dietro la nostra morì, e l'edificio da diroccato divenne abbandonato.

Era una piccola dimora a tre piani, il primo dei quali una volta era occupato da un negozio di dolci che faceva anche da emporio, al secondo ci viveva lei, il terzo lo affittava. Quando il marito uscì di senno e si suicidò lanciandosi dal tetto, la signora rimase sola e chiuse il negozio. Nel vicinato cominciarono a diffondersi i pettegolezzi, con il risultato che la mescita di sakè che affittava il terzo piano come deposito e ufficio l'abbandonò. In seguito, non lo volle più nessuno, e l'intero edificio diventò così malandato che era difficile credere che ci vivesse ancora qualcuno.

Mia madre di tanto in tanto cercava di comportarsi da buona vicina e andava a dare una spazzata o a strappare le erbacce, ma dopo le sfuriate della padrona che le intimava di non toccare nulla né in casa né in giardino, e dopo aver capito che fingeva di essere uscita per non doverla incontrare, decise di non insistere più. Continuò fino all'ultimo a lasciarle qualcosa da mangiare davanti alla porta, ma non ricevette mai risposta, né ringraziamenti né saluti.

La signora morì proprio quando iniziavamo a preoccuparci per gli insetti che infestavano la casa e per l'odore di ruggine che, a seconda di dove soffiava il vento, arrivava fin dentro casa nostra. Pensammo: "Finalmente toglieranno di mezzo quel vecchio fabbricato", invece restò lì, tutto diroccato, ancora a lungo.

Forse non avremmo dovuto reagire così alla morte di una persona, ma quel po' di leggerezza faceva da contrappunto all'atmosfera opprimente che quell'edificio aveva portato nelle nostre vite.

Era come una sostanza densa e sinistra, le pareti di cemento erano piene di crepe e al calar del sole diventavano nere, forse ci abitavano pipistrelli e donnole, i formicai non si contavano, e bastava passarci davanti per farsi venire la malinconia.

A casa tenevamo sempre le tende chiuse e cercavamo di non guardare da quella parte.

Ma una sera di inizio primavera, scostando la tendina per riordinare le mensole vicino a una finestra del quarto piano, guardai giù e vidi un bagliore.

Non riuscivo a credere che in quell'edificio che sembrava stare in piedi per scommessa ci fosse qualcuno, eppure era proprio lì, vicino alla finestra, non potevo sbagliarmi.

Corsi al laboratorio per dirlo a mio padre.

"Nel palazzo qui dietro c'è una luce accesa."

Mio padre alzò gli occhi dal blocco di pietra su cui stava lavorando e rispose: "Ti riferisci alla casa stregata? Forse stanno facendo un sopralluogo, finalmente la demoliranno".

"Ma è una luce veramente piccolissima."

Mio padre parlava poco e solo in casa. Le sue opere erano sempre ispirate al mondo vegetale, incluse le sculture in rilievo. Non c'erano mai figure umane. Anche quella volta stava lavorando a un'enorme opera in rilievo raffigurante una pianta rampicante.

Per un periodo lo zio Akio gli ha fatto da assistente e segretario, ed estroverso e pratico com'era gli procurava moltissimi lavori su commissione. Dieci anni fa però lo zio è morto d'infarto e mio padre, che per gli affari proprio non è tagliato, lavora meno di prima.

I motivi vegetali stanno bene un po' dappertutto, quindi richieste ne arrivano sempre, inoltre capita che lo chiamino per intervenire su qualche parte più soggetta al maltempo o all'usura, ma rispetto a prima si sposta molto meno.

Anche allora, però, se gli chiedevano di scolpire figure umane lui rifiutava sempre.

"Non ne sono capace," diceva.

Secondo la mamma, quando ami così tanto gli esseri umani ne conosci anche i lati più oscuri, per questo lui non riusciva a raffigurarli.

Mio padre era il figlio di un floricoltore che abitava appena fuori dal nostro villaggio, e lui e la mamma si conoscevano fin dall'infanzia. Andava d'accordo con mio nonno e veniva spesso a fargli visita, poi cominciò a uscire insieme a lei e così, dopo un po', arrivarono le nozze.

Mio padre si fidava dello zio come di nessun altro.

Ho apprezzato che dopo la sua morte non abbia cercato un nuovo assistente e abbia continuato invece a lavorare da solo.

Con i suoi tempi, senza curarsi degli affari che diminuivano.

Ogni tanto, mentre è nel laboratorio, ripensa allo zio e gli viene da piangere. Se gli chiedi che ha, ti risponde solo: "Pensavo ad Akio", e quando lo nomina sembra che evochi un tesoro perduto, ti si stringe il cuore ogni volta.

"Era gracile ma trasmetteva sicurezza, era agile, spostava anche gli oggetti più pesanti. Non si mostrava mai insofferente e trattava le mie sculture come se fossero bambini. Nessuno è come lui. Mi manca, Akio mi manca proprio tanto."

Quando dice così, la sola cosa che riesco a fare è piangere insieme a lui. Pensavo di non essere in grado di sentire così tanto la mancanza di una persona, di provare un affetto così puro, di sentire così forte quanto l'altro sia insostituibile. L'intensità dei suoi sentimenti mi colpiva ogni volta. Forse anche alla mamma e a me voleva bene allo stesso modo.

Quello di mio padre era un mondo semplice, che ruotava intorno alla pietra, alle piante e alla famiglia, e soprattutto che non si concedeva nulla oltre lo stretto necessario.

Da un po' di tempo nei suoi occhi è tornata la luce e sembra essersi ripreso dalla morte dello zio.

Sono sempre stata fiera del candore di mio padre.

"Allora dicevano che qui eravamo bianchi e lì neri."

"Come? Di che parli?"

"Prima che arrivassi tu, quando la mamma e io eravamo giovani. Qualcuno diceva che il negozio di dolci era solo una copertura e che in realtà in quella casa si tenevano sedute spiritiche e si praticavano strane forme di magia. Se ne faceva un gran parlare. Invece siccome tuo nonno con i suoi consigli portava serenità a tutti, dicevano che casa nostra era tutto il contrario. Le chiamavano la villa nera e quella bianca."

"Non ne avevo idea. Però noi eravamo i buoni, meno male. Certo, mi fa un po' strano pensare che chiamassero 'villa' una casa piccola come la nostra. Comunque sia, sul fatto che questa zona sia una specie di campo di forze magiche non ci sono dubbi, anche se può sembrare inquietante."

"Hai ragione. Ma prendi la collina: è sicuro che fosse la tomba segreta di una persona molto importante da queste parti. Documenti non ce ne sono, ma si dice che fosse qualcuno che conta. Pare che il villaggio sia nato a difesa di quella tomba.

In passato la signora della villa nera era stata rifiutata da tuo nonno, ma non si è mai data per vinta. Ha sposato un uomo ricco anche se non lo amava e ha fatto costruire una casa proprio dietro la nostra. Una storia particolare, non ti pare?

E c'è dell'altro: aveva una figlia che si vestiva sempre di nero. È da parecchio che non si fa vedere, fatto sta che era piuttosto strana, introversa, non parlava mai con nessuno. Ho sentito dire che se n'è andata di casa dopo una lite con la madre per via di un ragazzo. Ormai sarà una donna adulta.

A parte lei, non mi pare che ci siano altri eredi ancora in vita. Chissà se si prenderà la briga di demolire o vendere la casa, o almeno di occuparsene."

"Senti, visto che ne stiamo parlando, posso chiederti se vi è mai venuto il dubbio che io sia la figlia di quella ragazza? Magari era rimasta incinta."

"In effetti non lo si può escludere, ma di pettegolezzi su presunte gravidanze dopo la fuga non se ne sono mai sentiti, quindi penso di no. In una cittadina come la nostra è difficile nascondere quelle cose.

Certo che se la demolissero o la vendessero... Se quella casa rimane com'è, per noi non va molto bene. È possibile che passi parecchio tempo prima che la burocrazia faccia il suo corso. Potrebbe avere effetti negativi sul nostro bed & breakfast. È pur sempre un rudere," disse mio padre con tono crucciato.

Oltre a essere malandato, quell'edificio con gli scuri sempre chiusi emanava una cupezza che si estendeva a tutta l'area circostante. Non c'era nulla in particolare che lo facesse apparire così minaccioso, ma io ne ero terrorizzata ed evitavo persino di passarci davanti.

Quando era già disabitato da tempo, un'altra persona si suicidò lanciandosi dal tetto. Questo episodio lo rese ancora più inquietante e mi sforzai di dimenticarne l'esistenza.

A suicidarsi fu uno studente che, dopo essere stato bocciato per la seconda volta agli esami di ammissione all'università, ebbe un esaurimento nervoso e, fuori di sé, si introdusse in quell'antro oscuro e saltò giù.

Da allora chiusero l'accesso alle scale antincendio e, fatta eccezione per i ragazzini che si sfidano in prove di coraggio, da lì non passa più nessuno.

Oltre a quella, lungo il viottolo dietro casa nostra c'era solo un'altra casa, ma i proprietari, anche loro impauriti, a un certo punto preferirono traslocare oltre la collina, e alla fine non rimase che il palazzetto scuro.

Dopo il primo avvistamento, provai a farmi forza e vedere se la luce si accendeva ancora, ma niente.

Passò ancora del tempo, tornai a fingere che l'edificio sul retro non esistesse e smisi di controllare.

Fu proprio in quel periodo che cominciai a inciampare su un sasso ogni volta che uscivo di casa.

Il mio appartamento occupa gli ultimi due piani del bed & breakfast. Sotto le nostre stanze ci sono il salotto e la camera del nonno. Dal secondo piano in giù si trovano le camere per gli ospiti, e le scale e l'ingresso sono in comune.

Al mattino mi alzo, scendo al pianterreno e apro la pesante porta vetrata dell'ingresso. Quindi vado a prendere il giornale. Il vialetto fino al cancello è ricoperto di piastrelle azzurre e marroni. Il nonno se le fece mandare appositamente dall'Inghilterra, e le posarono lui, mio padre e lo zio. Non fu un lavoro da poco.

Cominciai a vedere – non tutte le mattine, ma abbastanza

di frequente – un sasso rotondo con venature color arancione proprio sulle piastrelle davanti al cancello.

Al mattino c'è foschia, il colore del sasso si confonde con il marrone delle piastrelle e finisco puntualmente per inciamparci.

È poco più piccolo di un pugno, quindi non rischio di cadere né di fare danni, ma per qualche motivo quel sasso mi mette a disagio.

Non ne ho le prove, ma non posso fare a meno di pensare che sia collegato alla luce che ho visto quella sera. Il sasso è comparso proprio nello stesso periodo.

A casa, di solito, sono la prima ad alzarmi.

A eccezione della stagione estiva, non abbiamo quasi mai clienti, ma preferisco tenere sempre in ordine le camere, inoltre è dai tempi del nonno che abbiamo l'abitudine di pulire e rassettare quotidianamente l'esterno e la zona dell'ingresso.

Nelle sere del fine settimana la sala della colazione diventa un pub gestito da mio padre e mia madre. Servono Guinness e birre *ale* alla spina, oltre al famoso fish and chips della mamma. Il bancone è decorato con una bella scultura in rilievo di mio padre che raffigura una pianta rampicante.

Nei fine settimana, dunque, il pub diventa il punto di incontro dei signori del quartiere a cui piace la birra. Tutta gente a modo, sono serate tranquille, perché qui si fa presto a finire sulla bocca di tutti. Chi viene da più lontano, le coppiette e i gruppi di casalinghe interessati più che altro alla prima colazione si spostano in taxi o si fanno accompagnare, ma qualche volta restano a dormire dopo la chiusura e ripartono l'indomani.

All'inizio pensavo che fosse qualche ubriaco del sabato sera a lasciare i sassi davanti al cancello, ma mi capitava di trovarli anche gli altri giorni della settimana.

Come ho già detto, non era niente di grave, ma quei sassi mi trasmettevano sensazioni inequivocabilmente negative.

Parlare di sensazioni non è del tutto esatto, non mi sembrava che fossero lì per invitarmi a cadere, diciamo piuttosto che vedendoli mi immaginavo una sagoma nascosta nel buio che cercava di dirmi qualcosa di importante, ma che proprio non riuscivo a percepire.

Per scacciare quel senso di disagio provavo a nascondere i sassi negli angoli più dimenticati del giardino e quando bagnavo le piastrelle con il tubo dell'acqua facevo in modo di lavare via tutto.

Nulla resiste alla forza dell'acqua, e dopo averli lavati quei sassi diventavano uguali a tutti gli altri. Mi bastava questo per stare meglio, l'importante per me era ritrovare la serenità, quindi non ne parlai mai con il resto della famiglia.

Se mio nonno fosse stato ancora vivo glielo avrei detto, ma non mi andava di interferire con la quotidianità tranquilla dei miei genitori procurando loro un motivo di ansia.

Quando ne avevo messi da parte un bel po', cercavo di destinarli a un uso positivo, per esempio li adoperavo per abbellire i contorni delle aiuole…

Poi, un giorno, mia madre ebbe un incidente d'auto, si ruppe una gamba e finì all'ospedale.

"Mamma, stai bene? Meno male che non è successo niente di grave," le sussurrai all'orecchio quando andai a farle visita dove era ricoverata nella città vicina.

Il traffico sulla strada oltre la finestra si muoveva al ritmo languido della primavera. Tra le case si intravedevano le strisce verde brillante della montagna.

Il tempo era così bello che mi veniva voglia di proporle una passeggiata, fingendo di non vedere in che condizioni fosse. Mi immaginai la primavera come un breve intervallo dopo il freddo pungente dell'inverno, quando il cielo e la terra si divertono a imbellettarsi.

"Tranquilla, sono solo un po' acciaccata. Non è niente di serio. Mi rimetterò presto," rispose la mamma con un sorriso. Il cerotto sulla guancia mi fece tenerezza. Pregai che sul suo bel viso non rimanesse nessuna cicatrice. C'era già quella dell'intervento di rimozione delle ovaie, non volevo che ne avesse altre. Quando facevamo il bagno insieme mi diceva: "Facciamo finta che sia la cicatrice del taglio cesareo da cui sei uscita tu", e così mi convincevo di essere per davvero sua figlia.

"Come sta papà?" chiese per l'ennesima volta. Quando avevano avuto l'incidente guidava lei, quindi si preoccupava per mio padre che le sedeva accanto.

Erano usciti per fare compere nella città vicina, oltre la montagna, e siccome faceva freddo e pioveva, avevano deciso che avrebbe guidato mia madre, che in genere era più attenta e affidabile. All'improvviso, però, senza nessun motivo apparente – nemmeno una galleria o cose del genere –, proprio all'entrata della città, le era sfuggito il volante, le ruote avevano slittato ed erano andati a finire contro il guardrail. L'auto era distrutta ma loro se l'erano cavata.

"Tranquilla, papà si è fratturato una costola, è a casa che si riposa e riesce a fare più o meno tutto. Siete stati veramente fortunati a uscire da un incidente del genere con solo qualche frattura."

Mi tremava la voce. Non mi capacitavo ancora e ogni volta che pensavo all'incidente sentivo montare l'ansia. Sarebbe bastato poco per ritrovarmi da sola.

La mamma era debole, ma era sempre lei. Premurosa, indulgente, tranquilla. Mi veniva da piangere.

Mi disse: "Qualche giorno fa ho avuto un incubo, c'erano dei conigli. Non avevo mai fatto un sogno del genere. Tanti conigli spuntati fuori uno dopo l'altro che mi fissavano e si dicevano qualcosa nel linguaggio degli umani. Io però non riuscivo a sentire niente. Sai quanto mi piacciano gli animali, eppure nel sogno ho provato una strana sensazione e sono scappata. Forse era una premonizione".

"Che vuoi dire?"

"L'incidente. Quello non era un gatto. Mi è apparso davanti un coniglio marrone e il volante mi è sfuggito di mano."

Mi drizzai per la paura.

Nei sentieri di montagna e ai margini dei campi coltivati c'erano sempre scoiattoli e conigli selvatici, ma lungo la strada che portava in città non se ne vedevano quasi mai, né tantomeno saltavano davanti alle macchine.

La guardai dritto negli occhi e dissi solo: "Comunque sia devi fare attenzione. Sempre".

In quel momento entrò un vecchio amico.

Io e mia madre lo guardammo sbalordite.

"Signora, sta bene? Sono Nomura. Sono tornato in Giappone."

Lo zaino nero in spalla, gli occhiali: uguale a quand'era bambino.

"Che meraviglia, l'incidente mi ha portato qui Nomura!" disse la mamma ridendo. Le brillavano gli occhi per la felicità. Emanava una luce intensa. Mi sembrò di rivedere la luce forte degli occhi del nonno e mi commossi di nuovo.

Provò a sollevare la testa ma cercai di impedirglielo. Temevo che peggiorasse la situazione. Lei però sembrava irrefrenabile. Guardava Nomura con tenerezza, come se volesse alzarsi e andare da lui.

"Ho comprato la casa dietro la vostra," disse Nomura.

Rimasi di stucco, perché ne avevo parlato proprio pochi giorni prima con mio padre.

"Vuoi dire che eri tu, qualche sera fa, quella luce?"

"Qualche tempo fa mi sono fermato a dormire, solo che poi mi è venuto un attacco d'asma, come quando ero bambino, quindi ho lasciato perdere tutto... Forse ti riferisci a quella sera?

Adesso sono ospite da alcuni parenti in città, ogni tanto di giorno ci passo per mettere in ordine un po' di roba, solo che c'è così tanto da fare che mi stanco subito, mi metto a fare altro, poi magari mi viene sonno e a quel punto me ne torno a casa," rispose grattandosi la testa.

"Sono tornato da San Francisco all'inizio del mese scorso. Da solo."

Alla mamma brillavano gli occhi.

"Dunque hai intenzione di tornare a vivere qui?"

"Sì. Dopo la morte di mia moglie ero a pezzi e alla fine ho deciso che la cosa migliore era venire qui. Ci sarebbe piaciuto tornare insieme, ma le cose sono andate diversamente.

Mia madre e mio padre sono ancora là, sono qui da solo. Penso che farò un po' avanti e indietro, ma intanto voglio sistemare la proprietà e andarci ad abitare."

Chi avevo davanti agli occhi era proprio Nomura, quello di sempre, quello che da bambino non stava mai fermo.

Gracile, asmatico, ma soprattutto incapace di dire la cosa giusta al momento giusto: a scuola lo prendevano tutti di mira finché non smise di andarci, ma era diventato l'allievo più fedele di mio nonno. Aveva un anno più di me.

Veniva ogni giorno, incurante del fatto che da quando aveva cominciato a frequentare casa mia girassero pettegolezzi su noi due. Adorava il nonno, era come una ragazzina infatuata, voleva stare sempre con lui.

"Vorrei far visita alla tomba del nonno. Ho preso dei fiori. Certo però che venire in ospedale con dei crisantemi bianchi è stata una pessima idea. Se non le dispiace però le lascio almeno le gerbere."

Così dicendo, estrasse tutto sorridente le gerbere bianche dal mazzo di fiori che aveva in mano e le sistemò in un vaso che trovò nella stanza.

Se tutte quelle cerimonie, a dispetto della sua goffaggine, non mi infastidivano, era perché sotto i suoi modi da adulto avevo percepito chiaramente il Nomura che conoscevo.

In quell'istante notai il pesante zaino nero vicino a lui.

Era lo stesso che usava da ragazzino.

Un po' malandato, ma sapevo di non sbagliarmi.

Ricordavo bene la sua figura di spalle mentre correva dietro al nonno, quindi lo zaino era sempre davanti ai miei occhi.

Mi sembrava di rivivere tutto e provai molta nostalgia.

Avevo quasi perso mia madre. Adesso mi ero calmata, ma sentivo ancora un po' di agitazione.

E Nomura era comparso all'improvviso, come un supereroe.

Vedere lo zaino fu la chiusura di un cerchio.

Finalmente era tornato, mi sentivo come se i miei piedi avessero toccato terra dopo aver fluttuato a lungo nello spazio. Gli ero grata per la sorpresa che ci aveva fatto.

Mia madre aveva il catetere e gli aghi della flebo conficcati nella mano, ma era viva.

Provava dolore ma sorrideva guardando Nomura. Io invece guardavo lo zaino lasciando vagare la mente.

"Che ti prende?" chiese lui.

"Che nostalgia quello zaino. Vedendolo mi sono tornati un sacco di ricordi."

"Tu sì che sai come prenderti cura delle tue cose, Nomura," disse la mamma.

"Ma no, è solo che non ho un soldo," rispose.

Zaino, raccontami cosa ha fatto Nomura tutto questo tempo. Lo zaino però non rispose, restò fermo e buono come un vecchio cagnone.

"Quanto tempo è passato," disse Nomura.

Salii a bordo della sua utilitaria e lo accompagnai all'unico cimitero del villaggio. Era un vecchio cimitero che si trovava in un punto alto più o meno come la collina.

Vi riposavano il nonno, la nonna, lo zio e tutti i loro antenati. Era stato mio padre a scolpire la piccola lapide. In basso c'era un decoro floreale, così la tomba non avrebbe mai avuto un'aria triste, neanche se i fiori che portavamo loro fossero appassiti: un'altra premura di mio padre.

Salimmo i gradini del cimitero con i nostri fiori bianchi tra le mani.

I fiorai tengono sempre dei mazzi pronti per i morti. Prima di allora non ne avevo mai compreso fino in fondo il motivo.

La nostra vita va avanti in compagnia di coloro che abbiamo perso.

"Torni davvero qui a Ōoka-mura?"

Parlai così piano che per poco il vento non si portava via le mie parole.

Ma Nomura si sforzò di sentirle. Tese l'orecchio verso di me, tutto concentrato.

A volte basta un comportamento come quello per capire a cosa le persone diano importanza. Il vento sembrava ripetermi gli insegnamenti del nonno.

"Questo per me è come un punto di partenza. Ho sempre pensato di volerci vivere, poi stavolta ho cercato su internet le proprietà in vendita e ho visto che davano via per due soldi quel palazzo. Mi ci sono buttato a capofitto."

"Da non crederci! Che coraggio hai avuto."

Non mi stupiva che l'avessero venduto a poco.

Ma in quel momento mi sembrava tutto così perfetto che non gli dissi altro. Ormai l'aveva comprato, che senso aveva parlargli di cose brutte?

"Per prima cosa volevo venire a far visita al nonno. Mi sono presentato a casa vostra con l'intenzione di tenermi la notizia per me, solo che tuo padre mi ha detto che eri in ospedale da tua madre: non potevo crederci, non ho pensato più a niente e mi sono precipitato da voi. E ho spifferato tutto nel tentativo di far contenta tua madre. Come uno scemo."

"Sono le magie che fa mia madre. Dove lavori?"

"Ho aperto una piccola casa editrice e pubblico libri in inglese."

"Che bello, dici sul serio? Una casa editrice che pubblica libri in inglese?"

"Proprio così. Mio padre era una specie di agente letterario e capitava sempre qualcuno che diceva di voler pubblicare qualcosa, anche a spese proprie. E così abbiamo messo su questa casa editrice. Lui è un tipo che lavora con passione, siamo diventati una piccola comunità e ognuno ha un compito. Tu conosci l'inglese, giusto? La prossima volta ti porto qualcuno dei nostri libri."

"Dovreste tradurli e farli pubblicare in Giappone."

"Magari vendessero anche qui. Solo che pubblichiamo generi particolari, difficili da proporre altrove… Dovrei mettermi a fare un po' di promozione. In qualità di autore e di editore al tempo stesso."

Si mise a ridere.

"Non so se mi sembri un'idea brillante o una totale scemenza."

Nomura mi rispose, tutto fiero: "È l'idea più brillante del mondo. Almeno secondo me".

"Eh già. Sei sempre lo stesso: quando ti prefiggi un obiettivo vai fino in fondo."

In realtà si era irrobustito, aveva acquisito sicurezza, persino il suo viso era cambiato: ripensai a quando, da ragazzino, era partito per gli Stati Uniti insieme ai genitori e mi sembrò un'altra persona.

"È vero, in questo sono un po' diverso dagli altri: ogni cosa che faccio, sono convinto che sia la migliore. Me lo diceva anche tuo nonno. Ma diceva anche di continuare così, perché questo aspetto del mio carattere sarebbe diventato il mio pregio maggiore.

Io e mia madre laggiù abbiamo un maestro di yoga, davvero in gamba, che ha scritto un libro per noi e ha venduto parecchio. È stato anche tradotto in diversi paesi. Tra i libri che pubblichiamo credo sia quello con maggiori probabilità di successo anche qui in Giappone. Ah, e poi un giorno mi piacerebbe scrivere la biografia di tuo nonno. Avrò bisogno della tua collaborazione."

"Caspita, quante novità! È incredibile," risposi. Poi gli chiesi: "E così tua moglie è morta?".

"Mi ero sposato, ma poi lei è mancata, e sai… Come dire… Sotto molti aspetti, il nostro matrimonio era quello che tuo nonno definiva 'diverso', e in effetti sono capitate un po' di cose, ho passato un brutto periodo e per qualche tempo non sono riuscito a fare nulla a parte star dietro ai miei genitori e dar loro una mano, ma poi ho cominciato a pensare seriamente a cosa avrei dovuto fare del resto della mia vita. Se volessi raccontarti tutto quello che mi è successo non la finirei più, quindi è meglio se rimandiamo. Andiamo per gradi. Ma non è che non te ne voglia parlare."

"Ti sono successe un po' di cose, eh, Nomura? Sei un adulto ormai."

Eh sì, si era sposato, poi la moglie era morta…

Avevamo tutti e due superato la trentina: non eravamo più bambini.

E alla nostra età potevano capitare anche cose del genere.

Il solstizio di primavera era ormai passato e i fiori sulle tombe erano quasi tutti secchi, ma i colori smaglianti di qualche corolla trasmettevano ancora un senso di pace.

La piccola tomba di famiglia, dove riposavano i miei nonni, era sempre luccicante grazie alle cure continue di mia madre. Il cimitero era in alto, proprio sul fianco della montagna, e da lì si gode una vista stupenda. Il mare brillava in lontananza. Sembrava quasi di vedere la brezza. Stormi di nibbi ricamavano il cielo sopra di noi.

Nomura sostituì i fiori nel vaso e cambiò l'acqua.

Io lucidai la lapide con una spugna e nel farlo mi ricordai di quando strofinavo le piante dei piedi al nonno. Se lo si fa nel modo giusto si può dare sollievo anche a una persona in stato di incoscienza e i benefici sono paragonabili a quelli che si ottengono strofinando la pelle di tutto il corpo.

Che meraviglia dev'essere il cuore delle persone se un corpo freddo come la roccia può trovare giovamento da un'azione del genere. Se questo è possibile, vuol dire che allora nulla è irrealizzabile.

Accendemmo l'incenso e fummo avvolti da una fragranza fresca, il fumo salì verso il cielo e forse arrivò a loro e a quelli prima di loro.

Se mi trovavo lì era grazie alla strada percorsa fino a quel momento dalla famiglia Ōhira, ero loro grata di avermi accolta anche se tra noi non c'era alcun legame di sangue, e per quello che valeva avrei voluto che questo mio pensiero li raggiungesse fin lassù.

Nomura disse: "Il sentiero scosceso che arriva fino al mare, il vento, la calma irreale che ti circonda: si sta proprio bene qui".

Nomura era a pezzi, era triste, ma adesso ci saremmo visti spesso e ne ero sinceramente felice, era come tornare alla spensieratezza dei vecchi tempi.

"Dimenticavo: queste sono per te, Miki. Alghe *wakame*." Di punto in bianco tirò fuori le alghe essiccate dallo zaino come se fosse la tasca di Doraemon.

Arrossii.

"Grazie, te ne sei ricordato."

"Ieri sono andato alla cooperativa dei pescatori e le ho trovate nel loro spaccio. Le *wakame* sono come la tua vera madre, no, Miki-*chan*?" chiese sorridente.

"Più o meno sì," dissi stringendo la sottile confezione di alghe. "Se mai dovessi avere un bambino non somiglierebbe né a mia madre, né a mio padre, né al nonno, né allo zio. Mi sembra sempre strano, quando ci penso. Le *wakame* le conosco, ma i miei veri genitori no. Chissà com'erano fatti."

"Hai ragione, è strano, ma è così. Prova a farlo, un bambino, magari un po' di somiglianza c'è. Vuoi che ti dia una mano?"

Scoppiai a ridere e gli diedi una gomitata.

"Eh, sì, sei proprio cresciuto. Se no non le diresti mica certe cose. Solo uno che è stato sposato può uscirsene con una proposta del genere."

"Ma no, ma no. Sei tu quella che è cresciuta, a giudicare dal fatto che riesci a fare ragionamenti così equilibrati e a parlare della tua famiglia e di particolari così delicati con il sorriso sulle labbra. Eri già speciale da bambina, ma ora che sei cresciuta lo sei ancora di più."

"Vorrà dire che diventerò una signora speciale e poi una vecchietta speciale."

"Sei sposata?"

"A casa ho un gran daffare e non è proprio il momento. Intorno ai vent'anni ho avuto una relazione con uno di Tōkyō, ma da allora più niente. Sai, l'idea di mettermi con un ragazzo del villaggio o comunque di queste parti non mi fa impazzire. In un posto così piccolo basta fare un passo che tutti lo vengono a sapere. Forse voglio restare da sola. Preferisco dedicarmi all'attività di famiglia. Un bambino però lo vorrei. Spero di averne l'occasione di qui a dieci anni. In città le buone ostetriche non mancano, quindi non avrei problemi. A dire il vero però una cotta ce l'ho: lo chiamo 'il mio principe'."

"Mi sembra di stare parlando con una bimba delle elementari."

"È bellissimo, devi credermi. Raffinato come un aristocratico. Gestisce un negozio di pesci tropicali e si prende cura di tutti gli acquari del villaggio."

Nomura fece una smorfia e disse: "E che aspetti? Se è single fatti avanti. Vuoi il mio aiuto anche per questo?".

"Ma lui merita una donna migliore di me. E poi non mi va. Mi basta poterlo vedere. Io sto bene da sola. Per me le relazioni non sono così importanti. Quando avevo il ragazzo ero comunque presa dal lavoro, e certe volte mi sembrava più una seccatura che altro.

L'impegno con il bed & breakfast è gravoso, d'estate assumiamo del personale perché ci aiuti con le pulizie, ma di faccende da sbrigare ce ne sono sempre molte. Se mi do tanto da fare è anche per senso di gratitudine verso i miei genitori, che mi hanno presa con loro quand'ero bambina. Il mio sogno è ereditare il bed & breakfast, parlare con gli ospiti in inglese, servire loro il fish and chips preparato alla maniera della mamma e trascorrere il resto del tempo da sola, o magari con mio figlio, seguendo i miei ritmi e i miei desideri. Insieme ai bei ricordi che sarò riuscita ad accumulare."

Senza neanche rendermene conto, mi lasciai sfuggire tutto ciò che mi passava per la testa. Quando hai di fronte una persona sincera, non puoi che esserlo a tua volta.

"Non provi neanche attrazione fisica? Esistono persone che non provano attrazione fisica?" chiese Nomura, incredulo.

"Non sono affari tuoi. E comunque non è che non ne provi affatto. È solo che non ci do troppa importanza. Ho già il mio bel daffare. Esistono anche persone così."

"Esistono persone di ogni tipo. C'è chi vuole sposarsi a ogni costo e ci sono anche quelle come te."

"Che ci posso fare? Guarda, si vede il Fuji," dissi indicando il mare.

Pensai che a volersi sposare a ogni costo doveva essere stata sua moglie. Desiderava sposarlo e lui l'aveva accontentata.

Pur sapendo che era qualcosa di "diverso".

Ricordai ciò che diceva sempre il nonno, che alcune volte le persone devono scegliere la cosa "diversa", esserne consapevoli e imparare a conviverci. Forse anche per Nomura era stato così.

Guardai il profilo armonioso del monte oltre la foschia ed ebbi la sensazione di stare guardando uno spirito.

Il Fuji è vicino e lontano al tempo stesso.

"Mi mancava tanto questa parte della costa. Si sente sempre la presenza del Monte Fuji. Nei pomeriggi di sereno il suo profilo si tinge di rosa," disse Nomura socchiudendo gli occhi, come in estasi. Mi tornò in mente quella sua espressione, la ruga che si formava in mezzo alla fronte quando guardava lontano.

Quanto tempo era passato, eppure una volta ci vedevamo tutti i giorni.

C'era ancora il nonno, e c'era anche lo zio, così concreto e rassicurante. Come stavamo bene allora. E il solo pensarci continuava a farmi stare bene.

Mia madre era salva e saremmo state insieme ancora a lungo. Sentivo il cuore colmo di felicità.

Con tempismo perfetto, Nomura disse: "Meno male che tua madre se l'è cavata. Sarei dovuto passare prima. La mia intenzione era di comprare la proprietà, costruirci una casa, sistemarla e poi farvi una sorpresa, ecco perché non mi sono fatto vedere. Ma me ne sono pentito".

"Infatti, dovevi passare a trovarci prima. Quando ho visto quella luce mi è venuto un colpo."

"In quella casa c'è qualcosa di inquietante, non so da dove cominciare e certe volte mi vengono i brividi. Sembra che a ogni movimento sprigioni cattivi presagi. D'altra parte me l'hanno svenduta," ribatté con tono calmo. Certo però che era incredibile. Ci voleva coraggio per comprare quella casa e fermarcisi a dormire da soli.

"Il vecchio proprietario si è suicidato lì dentro, e poi si è buttata giù anche un'altra persona," dissi tutto d'un fiato.

"Sì, così dicono."

Lo guardai incredula. Nomura annuì.

"La voce è arrivata anche ai miei parenti giù in città, infatti hanno cercato di dissuadermi. A quel punto però mi ero incuriosito, mi sono detto 'Ma sì, ci vado ad abitare in barba a tutto il resto', anche se poi di sera mi è venuta una gran paura e per poco non correvo a nascondermi a casa tua. Alla fine ho resistito per dimostrare a me stesso di essere un vero uomo."

"Non c'era bisogno di resistere. Potevi benissimo venire da noi. Abbiamo ben quattro camere. O forse dovrei dire che abbiamo *solo* quattro camere." Ma questo in effetti lo sapeva già.

"D'ora in poi farò così. Una volta che avrò risolto tutti i grattacapi burocratici arriverà la ditta incaricata dello sgombero, e di certo non posso starmene lì a intralciarli," disse con tono scherzoso.

Quella luce minacciosa mi divenne cara all'improvviso e spazzò via le nubi dal mio cuore.

A ogni soffio di vento i fili d'erba vibravano e brillavano del riflesso del sole.

Anche i fiori bianchi tremavano al vento, e ogni soffio portava con sé un profumo dolce.

Era un pomeriggio splendido e quella visita al cimitero mi fece stare bene.

Dato che c'era la possibilità che Nomura si fermasse a dormire da noi, pulii da cima a fondo la matrimoniale più grande che avevamo.

Sicuramente mi avrebbe chiesto di vedere la stanza del nonno, quindi rassettai anche quella. Tra una cosa e l'altra impiegai una giornata intera.

Quando guardai fuori dalla finestra, il tramonto aveva già colorato il villaggio. Oltre il vetro, il paesaggio era coperto da un velo color oro e arancio.

Una delle cose che mi piacevano di più era far arieggiare la stanza del nonno.

Erano in molti a volergli bene e capitava spesso che qualcuno venisse da lontano, spinto dalla nostalgia, proprio come Nomura, e con il passare del tempo quella parte della nostra casa era diventata una specie di museo.

Vi conservavamo i pezzetti di legno portati dalla corrente e i piccoli sassi che il nonno raccoglieva durante le sue passeggiate.

Mi piaceva perdermi nelle forme armoniose di quei pezzi di legno.

La finestra era di vetro colorato, un'opera – per la verità non molto riuscita – di mio padre quand'era ancora studente. La buganvillea all'esterno era cresciuta oltre misura e si arrampicava sulla parete con le sue spine affilate, rigogliosa anche in primavera. I segni della presenza del nonno bastavano a conferire a quella stanza un senso di purezza.

Prima pensavo che la serenità della mia famiglia dipendesse dal fatto che, come dicevamo spesso, "i poteri del nonno ci proteggono", ma la sua morte non ha cambiato affatto le abitudini tranquille dei miei genitori.

A volte mi domando se non sia proprio quella la loro forza.

Quand'ero bambina non riuscivo a spiegarmelo.

Perché la mamma non alzava quasi mai la voce anche se era arrabbiata, perché né lei né il papà cercavano mai di imporre le loro opinioni pur sapendo di essere nel giusto?

A furia di vivere insieme, qualcosa di indefinito si insinua nelle persone e nelle case in cui vivono. Qualcosa di duttile e sfuggente. Si attacca al corpo e sottrae le energie. Chi cercava in ogni modo di evitare che ciò accadesse era il nonno.

Ecco perché sono convinta che la mamma, senza neanche saperlo, abbia ereditato da lui questa capacità.

Cose che a una prima occhiata sembrerebbero normali... Vivere in armonia con i propri familiari, dirsi tutto senza accumulare rancore, darsi sempre il buongiorno e la buonanotte, pulire casa: tutte queste azioni, insieme, si erano trasformate nella nostra forza.

Conducevamo una vita apparentemente banale, eppure non credo di aver mai conosciuto persone più magiche di loro.

Nel nostro villaggio come giù in città, ma anche sui giornali e alla tv, si parla continuamente di piccoli contrasti che si ingigantiscono in men che non si dica. Tutti vogliono compiere grandi azioni e per farlo sacrificano i piccoli gesti, fino a quando persino l'assurdo cessa di apparire come tale, e piano piano le situazioni degenerano.

Gli insegnamenti del nonno miravano proprio a impedire questo genere di cose.

Se devi muovere un passo, fa' in modo che sia lungo, ma presta attenzione ai dettagli se non vuoi perdere il controllo, e accumula piccole quantità di forza per ritrovarti in seguito con una forza molto più grande.

A volte penso di essere venuta al mondo come garanzia della virtù dello stile di vita che professava.

Aprii la finestra e dissi: "Nonno, nonno, mi senti? Grazie, grazie davvero".

Nello stesso istante una luce si posò su di me. Puntini luminosi che brillavano, abbaglianti.

Rinvigorita da quella luce, mi distesi sul letto del nonno con le braccia e le gambe allargate.

La mamma avrebbe trascorso quella meravigliosa primavera in un letto d'ospedale. In quel momento combatteva contro il dolore e il disagio. Ma era viva e prima o poi sarebbe tornata a casa.

Se l'idea di perdere qualcosa ci fa stare così male significa che siamo davvero felici.

La malattia della felicità, che mi affliggeva sin dalla nascita, proprio non accennava a regredire.

C'è chi detesta i propri genitori o si rifiuta di occuparsi dell'attività di famiglia, ma per una come me, che quando è nata aveva già perso tutto, è semplicemente inconcepibile. La mia stessa vita è una scommessa, ecco perché ho sempre fatto ogni cosa con gioia, e l'incantesimo non si è mai spezzato.

Resta da capire se a portare l'incantesimo nella vita della mia famiglia sono stata io da neonata, o se invece sono stati loro, grazie all'amore incondizionato con cui mi hanno accolta.

Uscii per compere e, desiderosa di scacciare la malinconia che mi aveva preso alla vista della mamma così debole, passai dal negozio di pesci tropicali.

Anche quel giorno il mio principe, con indosso una camicia bianca e un grembiule e circondato da pesci tutti colorati, era intento a pulire le vasche dell'acquario. Era un vero piacere guardare la sua postura perfetta, il taglio impeccabile dei suoi capelli.

Il principe viveva con la madre, una donna terrificante. Dalle nostre parti circolava la voce che fosse così severa, e avesse pretese così assurde riguardo a una possibile fidanzata per il figlio, che nessuna aveva mai osato farsi avanti.

A me però non importava affatto, mi accontentavo di guardarlo.

Mi bastava andarci a comprare piante da acquario e pesci rossi, e all'occasione fermarmi a parlare con lui.

"Per ringraziarla della sua fedeltà al negozio questa volta le regalo un pesciolino nero," disse con voce squillante mentre metteva il pesciolino in un sacchetto trasparente.

Ne fui felicissima.

Tornai a casa e liberai il pesciolino nella boccia all'ingresso, lui finì in mezzo a quelli rossi e si mise a nuotare tutto contento. Che bella la vita, pensai. Se quei pesci continuavano a nuotare era grazie all'energia contenuta nei loro corpicini.

Nascono nuovi pesciolini, molti muoiono, alcuni mangiano e mangiano, e crescono. Quando muoiono perdono anche la loro bellezza: perdono la lucentezza della vita, la freschezza di quei movimenti agili.

Questa è la vita.

Forse perché il punto da cui sono partita era il più basso che si potesse immaginare, mi bastava poco per sentirmi appagata. Mi bastava guardare, nient'altro.

Ero contenta di poter osservare il mio principe, e poi adesso c'era Nomura, a cui ero affezionata e con cui non mi sentivo mai a disagio, la primavera era in arrivo anche nel nostro villaggio sempre velato dalla nebbia e a breve sarebbero fiorite primule e ginestre.

Mi resi conto di essere al settimo cielo.

Perché avevo ricevuto la notizia migliore che potessi immaginare: la casa sul retro non sarebbe andata in malora, un vecchio amico sarebbe andato ad abitarci.

Più che un sogno, sembrava un messaggio.

La moglie di Nomura era seduta di fronte a me e piangeva.

Non so come abbia fatto a capire che si trattava di sua moglie. Me la sono trovata davanti e ho pensato che fosse lei, tutto qua.

Aveva occhi grandi e dolci, una maglietta a righe. Capelli quasi non ne aveva, forse a causa di una chemioterapia. In testa le cresceva solo una peluria sottile come quella di un pulcino, ma questo non la rendeva meno bella.

"A Nomura non ho mai fatto mancare niente. Ma arrivati a questo punto direi che forse non era abbastanza. Nel poco tempo che mi è stato concesso, gli sono stata vicino come il cielo che è sempre al suo posto quando apriamo la finestra al mattino. Come gli dèi in cui crediamo.

Quando gli tostavo il pane, o ci spalmavo il burro e la marmellata, lo facevo con tutta me stessa, perché lo amavo più di ogni altra cosa al mondo.

L'amore era alla base di ogni mio gesto. Forse ci mettevo tanto impegno proprio perché sapevo di avere poco tempo a disposizione, o forse era il mio carattere, non saprei dirlo. Per me Nomura era nel paesaggio, nelle piante, nel cibo e nei bambini che passavano davanti a casa nostra.

Non che lo consideri una persona speciale. Lascia sempre i vestiti dappertutto e il suo portafoglio è pieno zeppo di scontrini. È sciatto, manca di empatia, a volte anche di sensibilità, e sa essere freddo. E soprattutto tende a buttarsi anima e corpo nelle cose trascurando anche la salute. Cerca di farci attenzione.

Penso che chiunque, ricevendo le stesse attenzioni che ho riversato su di lui, potrebbe brillare di luce propria. Sono felice di averlo potuto fare. Quindi ti prego di prendertene cura. Tu hai tutto il tempo, perciò cerca di occuparti di lui nel miglior modo possibile. Era il mio unico tesoro."

Il suo tono non era di supplica, anzi era molto misurato. A parte le lacrime inarrestabili.

Mi tornò in mente il testo di *Scarborough Fair*.

Dille di cucirmi una camicia di lino, senza giunture e cuciture. E lei così sarà il mio vero amore…

Nello stesso istante sentii la melodia di *Scarborough Fair* come se da qualche parte si fosse aperto un carillon.

Gli accordi andavano a riempire lo spazio come frammenti scintillanti, lei e io li seguivamo con sguardo sognante mentre ci portavano su fino al cielo.

"No, ascolta, per me non è così. Capisco ciò che vuoi dire, ma io non vedo Nomura sotto quella luce. Io il mio tesoro ce l'ho già, e non è un uomo.

Il fatto che un uomo e una donna della nostra età vivano vicini e a contatto quotidiano l'uno con l'altra potrebbe generare degli equivoci, me ne rendo conto, né posso escludere in modo categorico l'eventualità che un giorno mi innamori di lui. Ma se pure ciò dovesse accadere, non credo che proverei per Nomura gli stessi sentimenti che hai provato tu. Forse ti sembrerò presuntuosa, ma io ho tante cose che devo fare, cose che voglio fare, un luogo in cui devo stare e anche cose da proteggere. Ecco perché nella mia vita non ho mai dato peso alle relazioni sentimentali."

Nonostante i miei sforzi, lei non smetteva di piangere.

Il fatto che non si asciugasse le lacrime dimostrava che ci era abituata.

Cadevano goccia a goccia, a ritmo regolare, come un campanello mosso dal vento.

"Nomura è un uomo molto buono, sapeva quanto fosse difficile la mia situazione familiare e che volevo andarmene, ecco perché mi ha sposata anche se non mi amava: per portarmi via da lì. La mia famiglia è tanto ricca quanto malvagia. Mia madre ha sposato in seconde nozze un uomo più giovane di lei, e lui ce l'aveva con me, mi ha aggredito più e più volte. Volevo lasciarmi tutto alle spalle. Mi rivolsi a un avvocato perché mi liberasse di tutte le grane legate all'eredità. Mi ritrovai senza un soldo, né tantomeno ne aveva lui, eppure mi prese con sé senza pensarci due volte. Grazie a lui sono morta in pace. Mi ha sposato pur sapendo che non avevo soldi e che presto sarei morta."

Pensai che era vero, lui era fatto così. Il mio vecchio, buon amico.

"Mi tranquillizza sapere che Nomura non ha usato i tuoi soldi per comprare quel palazzetto dietro casa mia. E sono contenta che sia ancora l'ingenuo e maldestro Nomura di sempre."

Annuì.

"Le mie giornate erano una sequenza di miracoli. Non c'era nulla di consueto nel mio quotidiano. Lui e io siamo riusciti a fare tante cose che neanche credevamo possibili, proprio come dice questa canzone. E senza di me non è più riuscito a vivere come prima.

Con lui ho scoperto che si possono condividere anche momenti così belli... L'ambiente da cui provengo è pessimo, non c'è spazio per l'amore. Conoscere quello vero era il mio più grande sogno, e grazie a lui sono morta in pace.

Se potessimo restare insieme un altro giorno, se potessi guardarlo ancora. Erano questi i miei desideri, e si sono avverati fino all'ultimo. Non ho niente da rimproverare alla mia vita."

Mi sembrava di capire perfettamente quanto mi stava dicendo. Feci sì con la testa.

"Sai, tu sei stata trovata da Nomura, io dai miei genitori. Ecco perché penso di capire ciò che averti. Non credo che riuscirò mai a provare per lui quello che provavi tu, ma so bene come ti senti."

Mi fissava con i suoi occhi infinitamente dolci, da cui continuavano a cadere lacrime come puntini luminosi.

Avrebbe dovuto provare gelosia o invidia per me, che potevo ancora passare del tempo con Nomura, invece aveva lo sguardo limpido di chi sa di aver portato a termine il proprio compito.

"D'ora in avanti devi prenderti cura di lui, mi raccomando."

"Macché, lui è forte, se la caverà benissimo. Altrimenti come farebbe a vivere tutto solo in una casa come quella?"

Mi guardò e sorrise con gli occhi ancora imperlati di lacrime.

Brillavano come l'asfalto dopo la pioggia.

Stavamo sedute l'una di fronte all'altra, con la musica in sottofondo, come se fosse tutto normale, ma dentro di me sapevo di stare vivendo un momento raro, prezioso, e ogni volta che i nostri sguardi si incrociavano sentivo affiorare la malinconia.

Scarborough Fair risuonava forte e chiaro.

Una volta lei era il mio vero amore.

Quando rividi Nomura, lo trattai in modo ancora più gentile.

Sapere che qualcuno si era preso così tanta cura di lui suscitò in me un moto di sincera ammirazione.

Inoltre, rispetto al nostro ultimo incontro, non aveva una bella cera.

Stavo per dirgli di smetterla con tutto quel rumore di prima mattina, quando oltre il sottile strato di nebbia vidi un gran numero di operai che con un bulldozer stavano demolendo l'edificio.

Le mattine di nebbia sono fredde anche in primavera. La montagna è coperta, il sole è un lumino fioco, come se qualcuno ci avesse soffiato sopra per spegnerlo. E il velo leggero della nebbia avvolge anche l'umore e ti trasmette un senso di irrealtà.

Guardai bene verso il giardino e vidi Nomura, con la sua brutta cera e un casco in testa.

"La buttate giù alla fine?" gridai affacciata alla finestra, ma Nomura si limitò a guardare in su accostando la mano all'orecchio.

Rassegnata, mi infilai un cardigan sul pigiama, misi gli zoccoli e uscii. Più mi avvicinavo a lui e più mi sembrava di stare sognando. Mi resi conto di quanto fossi stata sola fino a quel momento. Dalle elementari al liceo avevo frequentato le scuole in città, ma i miei amici di allora erano andati tutti via. Continuavo a sperare che tornassero, prima o poi, ma fatta eccezione per qualche breve visita ai parenti non venivano mai. Ora che un vecchio amico si era finalmente trasferito vicino a casa mia, e l'aveva fatto così di punto in bianco, ero davvero felice.

"Le fondamenta erano talmente malridotte che alla fine ho dovuto gettare la spugna."

"Hai dormito qui stanotte?"

"Sì. Sono arrivato ieri sera tardi."

"Perché non sei venuto da noi? Aveva ragione tua moglie a lamentarsi che non ti prendi cura di te," mi scappò detto.

A Nomura non sfuggì. Dalla sua espressione si capiva che era turbato. È una persona che non si esprime se non è sicuro di ciò che dirà. Sono certa che stesse pensando: "Per parlare così devono essersi incontrate, ma dove? E come?". Le persone sincere come lui non riescono a nascondere ciò che provano, e io lo ammiravo per questo.

"Insomma, non puoi restare in un ambiente insalubre fino a quando la casa non sarà finita."

"Be', adesso c'è solo un cumulo di macerie, non vedo dove potrei fermarmi a dormire," rispose con tono scherzoso. "L'hanno buttata giù ormai."

Eh sì, è il tipo che si fissa sulle cose, meno male che la moglie mi aveva messo in guardia.

"Sai cos'è strano? Quando la ditta di demolizioni è arrivata quassù, mi sono sentito all'improvviso sollevato."

Ripensai a mia madre, a come le brillavano gli occhi quando aveva visto Nomura, e desiderai che restasse a vivere lì a lungo.

Ci aveva riportato la speranza, così come io l'avevo portata alla famiglia Ōhira.

"Puoi stare da noi finché la demolizione non sarà completata."

"D'accordo. In effetti ritornare a valle sarebbe complicato. Ti pago però."

"Ok. Ma con lo sconto per gli amici."

"Quando dormo lì faccio brutti sogni, sai?"

"Di che tipo?"

"Conigli. Saltano verso di me con aria minacciosa. Io amo gli animali, ma quei conigli lì non sono mica normali."

Rabbrividii. Ancora conigli. Perché continuavo a ritrovarmeli tra i piedi?

"Hai mai sentito parlare di quella stregoneria per cui usano le volpi? Si chiudono cento volpi in un fosso senza cibo né acqua fino a che si uccidono a vicenda, poi si prende la più forte, cioè l'unica sopravvissuta, la si ammazza e si usa il suo spirito contro qualcuno o qualcosa," disse Nomura scuro in volto.

"Non ne sapevo nulla, ma è la cosa più spregevole che abbia mai sentito! È raccapricciante. E soprattutto è raccapricciante l'essere umano a cui per primo è venuta un'idea del genere," risposi inorridita.

Si prende un essere vivente, lo si satura di odio, crudeltà, lo si riduce alla fame fino a privarlo dell'empatia per i propri simili, si lascia che sopravviva e alla fine lo si uccide comunque. Esistono un modo più ripugnante di negare la dignità a delle creature viventi, un disprezzo per l'amore e un trionfo dell'odio anche solo paragonabile a questo? Non riuscivo a pensare a nulla di più spaventoso.

"C'è qualcosa, in quei conigli, che mi fa pensare alle volpi di cui ti ho appena parlato."

Risposi, come per riflesso: "Quei conigli nascondono qualcosa, secondo me".

"Cosa sono questi discorsi paurosi? Guarda che a dispetto delle apparenze sono un gran fifone!"

Gli lanciai un'occhiataccia e obiettai: "Un fifone non se ne va a dormire in una casa in rovina".

Sorrise. "Non lo farei se non sapessi che nella casa vicino abita qualcuno che conosco. Quando guardo fuori dalla finestra vedo la solita stanza di tuo nonno ed è come se fosse ancora vivo, mi fa sentire forte. Proprio come una volta."

Era stato il nonno a insegnare a quel mingherlino di Nomura come prendersi cura del proprio corpo. Ripensai al Nomura bambino che si svegliava presto ogni mattina e correva dietro a mio nonno giù fino al mare, e mi venne da sorridere.

"Certo che mio nonno era proprio un grande. Ci pensi? Quella donna terrificante ha fatto di tutto per mettersi con lui, è perfino venuta ad abitare in questa casa, ma lui non si è mai lasciato intimorire e ha continuato a vivere come gli piaceva. Non ci avevo mai riflettuto. Ha sempre amato mia nonna. E anche questo è molto bello."

La nonna aveva avuto lo stesso tumore di mia madre, ma il suo era più grave. Andò in metastasi e le dissero che le restava poco da vivere, e il nonno non smise mai di amarla.

Io sono arrivata dopo la sua morte, e ricordo che il nonno parlava tutti i giorni con la sua fotografia e le portava fiori sulla tomba. Ripensare al tono dolce della sua voce ancora mi scalda il cuore.

La nonna non c'è più, ma in casa si continua ad avvertire la sua presenza.

"Mah, secondo me tuo nonno nemmeno se lo ricordava che quella donna viveva alle spalle di casa sua," disse Nomura dopo essersi fatto una gran risata. "Questo aspetto del suo carattere era quello che ammiravo di più."

Quando parlava del nonno, la voce di Nomura si faceva più cristallina e gli si illuminava il volto.

"Demoliscono l'edificio qui dietro. Sarà un sollievo per tutti," disse mio padre, appena sveglio, passandosi la mano sulle costole.

Non gli facevano più tanto male: osservando il suo percorso di guarigione mi sembrò di riscoprire la forza degli esseri viventi. Fino a pochi giorni prima ogni movimento era seguito da una smorfia di dolore.

Il tempo passa, i giorni sembrano tutti uguali ma c'è sempre qualcosa che si muove.

"Nomura ha deciso di buttarla giù. Da stasera viene a stare qui. Sembrava irremovibile, ma poi l'ho convinto dicendo che l'avrei fatto pagare."

"Eh, lui è così… È sempre stato un bravo ragazzo. Ha deciso di tornare al villaggio e lo ha fatto. Scendevamo sempre a valle insieme al nonno e allo zio per mangiare il pollo fritto."

"È vero, in quel posto che adesso ha chiuso."

Mio nonno, mio padre, lo zio e Nomura stavano spesso tra maschi a misurarsi con attività faticose come il *kendō*, oppure andavano a raccogliere erbe in montagna o a tagliare la legna per il camino. Poi scendevano tutti insieme in città, nella strada con i negozi, per mangiare il pollo fritto.

Mi ricordo ancora l'espressione un po' seccata, ma sotto sotto accondiscendente, della mamma quando li salutava dicendo: "Ma è quasi ora di cena e voi ve ne andate a mangiare pollo fritto?". Mi piaceva la sua calma. E poi mi ricordo quell'allegra combriccola che si avviava verso la città, me li vedo ancora di spalle, con il tramonto sullo sfondo.

Non mi sarei stupita di vederli prendersi per mano e saltellare. La patina rosa delle nuvole colorava il cielo e tutti sentivamo che non poteva succedere niente di brutto, che quei frammenti di felicità sarebbero durati ancora a lungo. Penso proprio che per ciascuno di loro i ricordi di quel periodo siano tra i migliori di sempre.

Sono contenta soprattutto che lo zio Akio abbia potuto trascorrere tanti bei momenti prima di morire. Quei quattro, che erano capaci di cenare anche dopo essersi mangiati una montagna di pollo fritto, bevendo birra in lattina o succo di frutta e che passeggiavano in riva al mare fino al crepuscolo, poi tornavano a casa.

Dopo la morte del nonno e dello zio, e fino alla chiusura

del locale, mio padre ha continuato a fare le stesse cose da solo o con me e la mamma.

"Andare a spasso così è una forma di gratitudine per la possibilità che mi è stata data di far parte di una famiglia così straordinaria, per aver avuto il privilegio di trascorrere del tempo con loro. Spero che in questo modo al nonno e allo zio arrivino il mio affetto e la mia nostalgia," diceva sempre.

Ero perfettamente in grado di capirlo, perché in quei momenti mi sentivo tranquilla e protetta come non mai.

Mangiare pollo e bere birra guardando il mare, senza pensare al tempo, finché il giorno finiva.

Il cielo scuriva e l'aria si faceva fredda: solo allora uno di noi si alzava.

Mi piaceva che fosse la natura a determinare le nostre azioni.

Era come se ripetendo quei gesti ci riunissimo al nonno e allo zio. La storia di ogni essere umano è la ripetizione di attimi come quelli.

Una semplice passeggiata era sufficiente a darci certezze ben più grandi, ma adesso la strada con i negozi era quasi del tutto abbandonata e il locale che vendeva il pollo fritto non c'era più.

"A tuo nonno piaceva mangiarlo su quella collina laggiù," disse mio padre.

"Ah sì? Che ne dici allora se questa sera ce ne mangiamo un po' in memoria del nonno?" suggerii chiudendo il libro delle ricette.

Il fish and chips di mia madre richiedeva uno strenuo esercizio, ma il pollo fritto avrei potuto prepararlo a occhi chiusi.

Nonostante tutti i miei sforzi, non riuscivo mai a eguagliare il fish and chips della mamma, invece il pollo fritto mi veniva proprio come il suo. Nel pomeriggio era prevista la consegna dei fusti di birra, e già che c'ero avevo ordinato anche l'olio. Accogliere un nuovo ospite era un piacevole diversivo nella monotonia delle nostre giornate.

Piccoli gesti come quelli erano la materia della mia storia personale, del significato stesso della mia esistenza.

Ogni volta che mi preparavo ad accogliere qualcuno aggiungevo un pezzetto alla mia bella storia. Lo sentivo chiaramente, forse perché nella mia vita non era affatto scontato che fosse così.

Mio padre mi domandò: "Nomura viene stasera, mi dicevi?".

"Sì, ha detto così."

"C'è parecchia polvere, ma è normale, visto che stanno demolendo l'intero edificio. Tra la polvere e la nebbia c'è una strana atmosfera. Prima lo guardavo dalla finestra... Non se la passa bene."

"Dici? A me è sembrato il solito tipo espansivo e chiacchierone."

"No, penso che sia un po' giù. Per questo ha deciso di tornare qui. Dobbiamo riservargli un'accoglienza particolarmente calorosa."

Mi piaceva tanto questa sensibilità di mio padre, la sua gentilezza tranquilla.

Una volta il nonno e io avevamo parlato delle differenze tra uomini e animali.

All'epoca ero ancora adolescente e provavo una forte ammirazione per il nonno, che aveva amato solo una persona nella sua vita e aveva fatto di tutto per stare con lei.

"Pensi che adesso che la nonna è morta non ti innamorerai mai più?"

"Dimmi un po', Miki, secondo te cani e gatti si affezionano ad altri cani e gatti in particolare?"

Ci pensai un attimo, quindi risposi: "Credo che se vivono nella stessa casa, e magari hanno anche dei cuccioli, alla morte del loro compagno possano sentirsi molto soli... Non saprei dire se continuino a volergli bene a lungo. Gli uomini sì. Come te, per esempio".

"Ti sbagli, io ho provato a parlarci, con cani e gatti. Se un cane o un gatto si trovano davanti un loro simile dell'altro sesso si accoppiano senza pensarci due volte. Il che potrebbe far credere che non provino sentimenti. Ma la storia è un po' più complicata di così. Al di là di questi istinti, continuano a sentire la mancanza dei padroni a cui erano più affezionati così come dei loro compagni. La sentono anche più di noi umani."

"Ah sì? Mi sbagliavo, allora."

Dopo la morte del nonno, e finché il nostro gatto più vecchio è rimasto in vita, a casa abbiamo sempre avuto cani e gatti.

"Quello che voglio dire è che anch'io sarò sempre attratto dall'altro sesso. Se mi trovassi davanti una donna talmente bella da farmi dimenticare tutto il resto, non ci penserei due volte ad andare a letto con lei.

E non mi dispiacerebbe se ciò accadesse: sono pur sempre un uomo. Ma proverei qualcosa che non è neanche paragonabile alla felicità che sentivo al solo vedere tua nonna di spalle mentre camminava per casa. Le sensazioni che un essere umano può provare sono infinite, e ciò che sembra contrario alla ragione potrebbe essere contemplato dalle leggi degli dèi.

Se ognuno di noi nasce da una cellula, allora le leggi a cui dobbiamo obbedire sono in primo luogo quelle della natura. È la politica a orientare le nostre scelte in direzione della sola ragione, ed è sciocco reprimere tutti i nostri desideri solo perché ci sembrano irrazionali.

Mi sembra un atto di superbia cercare di sottomettere i desideri a una qualche legge imposta.

E gli animali da questo punto di vista sono tutti uguali.

Portano per sempre nel cuore chi hanno amato di più, lo sognano, lo ricordano. Nella nostra memoria, chi abbiamo amato è uguale a com'era, ma è anche una persona diversa. È una parte noi, la parte migliore di noi."

La spontaneità di Nomura non era in contraddizione con il dolore per la perdita di sua moglie.

Era abbattuto, provato dalla vita all'estero.

E aveva fatto affidamento su quella stessa spontaneità che era sempre stata la cifra della sua esistenza: tornare da dove era venuto, dove gli rimanevano i ricordi della persona che ammirava di più.

La scuola non mi piace, quindi non ci vado. La mia famiglia è assente, vuol dire che non posso farci affidamento. La persona che stimo di più è il signor Ōhira, allora vado da lui. Questo modo semplice di ragionare aveva orientato tutte le sue scelte.

Si era fatta l'ora in cui di solito spalanchiamo le finestre, ma stavolta mio padre aveva aperto solo uno spiraglio. In effetti arrivava un odore insolito di muffa e umidità.

Ma era normale, dovevamo avere pazienza: stavano demolendo una casa che era rimasta chiusa per tantissimo tempo.

Il prato nel giardino era bagnato di brina. Con questo tempo è inutile anche stendere il bucato.

Le mattine al villaggio erano tutte così.

Eppure amavo l'atmosfera sfuggente di quelle mattine nuvolose e velate dalla nebbia.

Scendendo verso il mare avremmo trovato i raggi tiepidi del sole tipico delle zone esposte a sud, ma la differenza di altitudine influenza anche il carattere delle persone. Sapevo che a mezzogiorno, insieme alla nebbia, il sole avrebbe allontanato anche i pensieri più cupi. I cieli tersi di montagna ti aprono il cuore, si vede il mare come un tappeto brillante e qualche volta anche l'arcobaleno.

"Con la nebbia è bello bere il tè, come nei film ambientati in Inghilterra. Lo preparo."

Così dicendo uscii di casa per andare a prendere l'acqua direttamente alla sorgente, ma inciampai nel solito sasso.

Pensai che provenisse dalla casa accanto.

Quando ero andata a salutare Nomura, mi ero accorta che nelle fondamenta della casa in corso di demolizione c'erano altri sassi marroncini come quello.

Ma chi è che li porta, forse proprio Nomura?

Mi sembrava impossibile, tuttavia sapevo anche che il cuore delle persone a volte nasconde delle zone d'ombra.

Se così fosse, a che scopo?

Puntai la telecamera di sicurezza sul cancelletto. Quando sai di che si tratta, niente può farti davvero paura.

"Era da tanto che non lo assaggiavo, che nostalgia, mi viene da piangere!"

Nomura era seduto al bancone del pub del bed & breakfast e mangiava il pollo fritto che avevo preparato con le lacrime agli occhi.

Studiai ogni suo movimento, ma dovetti arrendermi. Era una persona incapace di mentire. Ma allora chi era a portare i sassi? Non riuscivo a togliermi questo interrogativo dalla testa.

"Il sapore in effetti è proprio uguale," disse mio padre. "Portane un po' anche a tua madre, domani mattina."

Mio padre aveva qualche capello bianco in più: era invecchiato anche lui.

Ne era passato di tempo da quando mangiavano pollo fritto andandosene a passeggio come dei ragazzini.

"Domattina ne preparerò ancora e glielo porterò in ospedale, quindi quello che c'è mangiatelo tutto. Volete altra Guinness?"

Era da tanto che non avevamo ospiti e anche il pub era

rimasto chiuso per un po'. I giapponesi amano le *pilsner*, ma alle sere fredde e umide del nostro villaggio si addicono molto di più le *stout* e le *pale ale*. Dopo il tramonto non si sente quasi più neanche l'odore del mare e la brezza è quella tipica degli altopiani.

"Quando conti di trasferirti?" domandò mio padre a Nomura.

"Ora stanno demolendo l'edificio, poi getteranno le fondamenta e in seguito arriverà il materiale per costruire la struttura dei miei sogni: una cupola geodetica. Una volta che l'avrò montata andrò ad abitarci."

"La cupola geodetica di Buckminster Fuller? Si prenderà tutta la superficie della proprietà. Che bella idea, ti aiuterò anch'io a montarla."

"Certo, mi farebbe piacere. Forse non sarà tutta la superficie, ma sicuramente dovrò rinunciare a una parte del giardino, infatti la prossima settimana travaserò alcuni degli alberi, altri li toglierò: ci saranno parecchie cose da sistemare. Quando avrò le misure precise per la superficie della cupola e le fondamenta sarò pronto a cominciare. Ho trovato alcune persone del posto e un po' di vecchi amici che mi faranno un prezzo di favore, per cui prevedo che i lavori andranno a rilento. Penso che verrò spesso qui da voi. Spero di non recarvi troppo disturbo."

"Sarà bello avere un po' di giovani intorno."

"Storie di conigli se ne sentono da queste parti?" domandò Nomura. Trasalii.

Mio padre aggrottò le sopracciglia. Quando riflette tende a stare in silenzio. Dissi a Nomura: "Questa te la offre la casa come omaggio di benvenuto", e gli versai una mezza pinta di Guinness.

"Sarà anche il buio lì fuori, ma quando sto qui mi sembra di essere veramente nella campagna inglese. Miki, tu ci sei mai stata?"

"Mi imbarazza un po' ammetterlo, ma no, mai."

Nomura si mise a ridere e disse: "Se hai intenzione di portare avanti il bed & breakfast ci devi proprio andare. Quando ci sarai stata, questo posto ti piacerà ancora di più".

"Non so perché ma questo tuo commento mi fa l'effetto di una ventata di freschezza."

In quel momento fu come se dentro di me un oggetto voluminoso si fosse spostato.

Senza intuire quello che stavo provando, Nomura proseguì: "Era da tanto che non avevo queste sensazioni, come se qualcosa stesse per spuntare fuori dal buio o dalla terra, come se la sera fosse un essere animato. In questo villaggio la sera ha un che di sacrale e fa paura. Quando ero lontano non ci pensavo affatto".

I genitori di Nomura erano sempre negli Stati Uniti per lavoro e lui viveva da solo con la nonna oppure dai parenti in città dove era venuto a stare anche in quell'occasione.

Se sembrava così felice quando andava a mangiare il pollo fritto era perché all'epoca si sentiva molto solo.

"A proposito," disse mio padre, "il nonno voleva trasformare questa zona in un'Inghilterra miniaturizzata e mi chiese di andare a costruire una copia di Stonehenge in un angolo dei campi dei Suzuki. Io e lo zio Akio ci abbiamo messo un mese intero."

"Ah, è vero. Quand'ero piccola mi piaceva un sacco quel posto. Ricordo bene quel periodo. Venivo ogni giorno a portarvi il pranzo con la mamma. A seconda delle stagioni si riesce a vedere anche da qui."

Mio padre proseguì: "Finché ci saranno i campi dei Suzuki, la Stonehenge dovrebbe rimanere. Ci avevamo messo persino un cartello con le spiegazioni come l'originale, ci portavamo anche i nostri ospiti. In effetti dovresti andare a vedere la vera Stonehenge, Miki".

Nomura disse: "Chissà se anche la vera Stonehenge è stata costruita così, quasi per caso".

"Le iniziative degli uomini spesso cominciano in questo modo," scherzò mio padre. Era da tanto che non lo vedevo così allegro, forse aveva solo bisogno di amici maschi.

Era un pantofolaio, non usciva quasi mai di casa e, anche se gli piaceva intrattenersi con i pochi clienti del pub, fissato com'era con le pietre e con le piante non aveva molti argomenti di conversazione con loro.

"Vado a fare manutenzione una volta all'anno. Controllo che il terreno non ceda, che non manchi nessuna pietra, che non ci sia niente da mettere in sicurezza. Tu eri già partito da tanto tempo, Nomura, il nonno era morto e anche Akio… Quanti anni saranno? Una volta, dietro una delle pietre ho trovato una piccola trappola, e dopo aver informato i Suzuki l'ho tolta. Non erano stati loro a metterla. Anzi, rimasero sorpresi, perché con i conigli non avevano mai avuto problemi."

"Una trappola?" domandò Nomura.

"Era così piccola che al massimo poteva catturare un gatto o un coniglio. Penso che in giro ci fosse qualcuno che dava la caccia ai conigli. Non mi viene in mente nient'altro."

"Vuol dire che i conigli tormentano gli uomini per averli catturati," disse, impassibile, Nomura, mentre io rabbrividii ancora. Non volevo più sentir parlare di quella storia.

"Vado a prendere una boccata d'aria. A furia di friggere mi sono abituata all'odore d'olio." Spinsi il pesante portone del pub – era in stile country inglese anche quello, ce l'aveva fatto lo stesso falegname a cui avevamo commissionato quello di casa – e uscii.

L'aria era fredda ma limpida, una miriade di stelle brulicava nel cielo. Da qualche parte arrivava il sentore dolce del legno secco. L'aria notturna è fatta di mille fragranze deliziose. Non siamo noi, con le nostre azioni, a produrle, sono come un retrogusto delicato sprigionato quotidianamente dalla natura stessa.

Feci un respiro profondo e provai una sensazione di pienezza, come se mi fossi svuotata per accogliere in me le stelle del cielo.

Era la prima volta, salvo quando era in viaggio, che la mamma non era a casa insieme a noi.

Un giorno resterò sola, leverò gli occhi al cielo e non ci sarà nessuno con me. Le stelle mi sembrarono più grandi.

Quel momento non mi avrebbe colta di sorpresa, perché io ero stata sola sin dall'inizio. Ma l'idea che forse nella casa accanto avrebbe potuto esserci Nomura mi provocò un leggero turbamento. Se io non avessi avuto figli, e lui invece si fosse sposato e ne avesse avuti tanti, sarei potuta diventare una specie di zia acquisita, badare a loro, portarli a scuola in macchina e andarli a riprendere. Desideravo che Nomura restasse per sempre lì al villaggio.

"Quello che racconti mi sembra un sogno, sai? L'edificio alle spalle di casa nostra non c'è più. D'un tratto è come se qualcosa si muovesse, nella nostra zona l'aria sta cambiando: forse è il caso di chiedere un consiglio a una professionista come quella signora," disse la mamma masticando il suo pollo fritto.

Arrivata in ospedale la trovai molto meglio del giorno prima, un raggio di luce che scacciò via la preoccupazione della sera precedente.

"Professionista... di che cosa?"

"Di magia bianca," rispose mia madre senza scomporsi.

"Ma no, non è proprio il caso di complicare ulteriormente le cose. Piuttosto, a quale signora ti riferisci?"

"Non te la ricordi? È venuta anche al funerale, il nonno l'aveva conosciuta nel periodo in cui lavorava a Glastonbury.

La moglie della persona che ha ereditato il bed & breakfast con cui è gemellato il nostro. Lei è giapponese."

"Eh? Gli Sheen? Quella coppia inglese di mezza età che è venuta al funerale? La moglie è una maga?"

In quei giorni ero scossa per la morte del nonno e non riuscii a riservare loro l'ospitalità che meritavano. Il marito aveva gli occhi verdi e un bel maglioncino leggero, lei era un po' misteriosa, ricordava una fata, aveva i capelli neri lunghi e un abitino di cotone leggero. Piansero la morte di mio nonno con grande discrezione. Si fermarono a dormire da noi e il mattino dopo partirono per Kyōto – dissero che era la prima volta che ci andavano. Ogni volta che i nostri sguardi si incrociavano, loro mi sorridevano.

Li vidi passeggiare in giardino e trovai che si integrassero alla perfezione con l'ambiente circostante, sembrava proprio di essere in Inghilterra. Ci prepararono fagioli e pomodori stufati dicendo che quella era la colazione all'inglese e fecero i complimenti alla mamma per il suo fish and chips. Me li ricordo come due brave persone tranquille, di certo non come qualcuno che ha a che fare con le arti magiche.

"Dicono che la moglie, in particolare, abbia studiato la magia e le erbe," proseguì mia madre.

"Secondo te perché intorno a casa nostra gravitano tante persone di questo tipo?"

"Tuo nonno ha frequentato a lungo la mecca delle filosofie new age in Inghilterra, senza contare che lui stesso era dotato di un'insolita forza di attrazione. Forse per questo a un certo punto della sua vita ha deciso di ritirarsi su questa montagna per starsene in pace con la propria famiglia. E poi c'è anche quel vecchio discorso del campo di forze, no? La collina ha qualcosa di sacrale che si estende fino al nostro villaggio."

La mamma continuava a masticare il pollo fritto. A vederla

così in forma nessuno avrebbe detto che aveva ancora delle fratture.

"Ci sono varie teorie su chi riposi sulla collina, in ogni caso credo che si tratti di qualcuno di importante. Noi del villaggio portiamo un profondo rispetto nei suoi confronti. Forse è da lì che hanno origine tutte le cose belle, quelle brutte, quelle inspiegabili che ci succedono. Ora che sono qui, quando penso al villaggio mi sembra che sia tutto un sogno, sono confusa. È quasi incredibile che un posto del genere possa esistere per davvero. Quel che è certo è che si tratta di un luogo diverso da tutti gli altri."

Ammirai l'atteggiamento disincantato con cui la mamma aveva sintetizzato la questione.

Non c'era niente di ordinario nel suo modo di essere, di procedere accettando tutto quanto trovasse lungo il cammino. Si mise a ridere e aggiunse: "...comunque il pollo fritto, se non è accompagnato da una birra, è buono solo per metà. Devo ammettere però che ti riesce proprio bene. Ha lo stesso sapore di quel posto dove andavamo sempre. Si sente che non l'hai fatto marinare troppo. Anche la pastella è delicata come quella".

"Te ne sei accorta?" Ero felice.

"Sì, è quasi uguale. Che nostalgia. All'epoca c'erano ancora il nonno e Akio. Quando si precipitavano a comprare il pollo fritto mi davano l'idea di una banda di monelli!"

"Ora che c'è Nomura, il papà sembra contento. Come quando c'era lo zio Akio. Senti, ma secondo te Nomura è tornato davvero per lavorare qui?"

La mamma, seria, rispose: "Non penso. Chi comprerebbe i suoi libri quaggiù?".

L'affermazione di mia madre mi stupì. In cuor suo pensava che Nomura non sarebbe rimasto a lungo, quindi non voleva illudersi. Più era contenta di vederlo, più sentiva affiorare la malinconia.

"E allora perché?"

"Penso che volesse tornare a prescindere dal lavoro. O forse aveva davvero bisogno di rientrare alla base per riprendere fiato. Ormai si era trasferito all'estero, ma è al villaggio che vuole vivere. E non è tornato di certo con lo spirito di chi si compra un terreno e ci costruisce una casa per andarci a villeggiare."

"Bene, vuol dire che ci siamo allontanati di un passo dallo spopolamento," scherzai.

"In passato, quando tuo nonno ha aperto il bed & breakfast, per il villaggio è stata una ventata d'aria fresca. Come sai neanche noi amiamo essere al centro dell'attenzione, quindi abbiamo cercato di fare le cose per gradi. Quando non succede proprio niente, quando non arriva mai nulla di nuovo, le cose prima o poi vanno in rovina. Adesso è un po' come allora: l'inizio timido di qualcosa di nuovo, ed è un bene."

"Penso anch'io di essere stata inattiva per troppo tempo." Non potevo credere che dopo tutte quelle lunghe giornate volate via una dopo l'altra stesse cominciando qualche cosa. Mi sentivo piena di speranza, mi apprestavo a vivere nuove avventure, mi aspettava un futuro imprevedibile. "È come se dopo la morte del nonno e dello zio avessi un po' perso il senso della realtà."

"Quella è la maledizione della casa dietro la nostra. Ci sono state tolte due persone che amavamo e poi l'atmosfera maligna di quella casa ci ha portato via parte della nostra voglia di vivere."

"Se non si fosse presentata la possibilità di un nuovo inizio forse non me ne sarei mai resa conto," replicai sorridendo.

"La vita è fatta di tante fasi. Prendi la mia gamba: poteva essere il preludio a un periodo molto più difficile."

Ero così felice di vederla in forma che decisi di non fare parola dei conigli.

Quando tornai a casa, nella stanza vicino all'ingresso, dove avevamo sistemato Nomura, non c'era nessuno.

Qualcosa mi diceva che l'avrei trovato al laboratorio di mio padre. Quando arrivai vidi una scena meravigliosa. Nomura aveva preparato il caffè e stava chiacchierando con mio padre, che era tutto sorridente. Svolgeva al posto suo tutte le operazioni che, per via delle costole fratturate, non riusciva a fare. Cercava gli attrezzi in mezzo alla confusione degli scaffali, spazzava, raggruppava i libri sparsi per terra.

Quel quadretto mi fece pensare allo zio Akio.

Era da tanto tempo che mio padre non si intratteneva con qualcuno nel suo laboratorio. Era incapace di mostrarsi gentile o affabile con le persone che non gli piacevano. Anzi, trovava sempre il modo di togliersele dai piedi.

Se stava sorridendo, quindi, poteva significare soltanto che quella situazione lo rendeva felice. Il suo sguardo raccontava la pura e semplice gioia di ascoltare quanto Nomura aveva da raccontargli.

Si percepiva l'atmosfera rilassata che caratterizza le uscite tra maschi, l'eccitazione dei ragazzini pronti a montare in sella e pedalare sulle loro biciclette fino a perdersi in città sconosciute.

Capii che non era il caso di intromettermi e tornai indietro.

Nomura era come un angelo sceso dal cielo all'improvviso.

Per fare piazza pulita dei tormenti che ci dava la casa dietro la nostra, per vivere accanto a noi e portare allegria nella famiglia. Aveva anche ravvivato l'atmosfera stantia del bed & breakfast.

Allo stesso tempo, però, quei cambiamenti mi turbavano.

Ero stata a lungo inerte, tanto da non riuscire io stessa a percepirlo. Ciò che provavo era simile alla sensazione di qualcuno che è convinto di stare alla grande solo perché nella vita di tutti i giorni riesce ancora muovere braccia e gambe, ma poi d'un tratto si rende conto di avere la schiena bloccata.

"Non devi essere turbata, segui la corrente. Così non farai niente di 'diverso'."

Il nonno, nella mia testa, mi parlava così.

"Devi vivere nel presente, ascoltare ciò che ti dice la pancia. Guardati intorno, segui gli occhi quando ti portano lontano, respira a fondo. Se ti senti sicura, fidati di te stessa. Se non fosse così, chiediti se sia il caso di procedere ugualmente. Arriva sempre il momento in cui si può riavvolgere il nastro."

Era come se il nonno stesse comunicando con me, ma senza usare le parole.

Era lui a parlare, e ciò che diceva era in sintonia perfetta con il mio stato d'animo, avevo l'impressione di essere compartecipe di quella sua teoria. Il nonno non c'era più e non potevo chiedergli se fosse davvero così, ma quanto mi rimaneva di lui era proiettato verso il futuro, e non percepivo alcuna tristezza: significava che potevo stare tranquilla.

Non ero lui e non potevo essere certa di ciò che pensava. Ciascuno di noi è solo con se stesso. Quando moriremo, il nostro mondo finirà con noi.

Ma saremo sempre presenti in mezzo a quelli che ci hanno conosciuti. Saremo parte di loro, frammenti che ci somigliano.

Le nostre azioni sono reciproche reazioni, siamo amebe che si legano le une alle altre, poi si separano, si allungano e si accorciano nel mistero della coesistenza, e se me la spiego così allora la venuta di Nomura non mi sembra nemmeno più tanto strana.

Ma attenzione: ancora un po' e mi sarei persa di nuovo nei miei pensieri.

"Grazie, nonno," mormorai con gli occhi al cielo.

Chi è venuto prima di noi ha imparato qualcosa da chi lo ha preceduto, ed è da questa consapevolezza che deve cominciare il nostro cammino.

L'indomani mattina, mentre facevo le pulizie, inciampai di nuovo in un sasso.

Ci siamo!, pensai, e corsi in direzione a visionare le registrazioni delle videocamere di sorveglianza.

A suo tempo tutti chiedevano al nonno se fosse davvero necessario installare un sistema di sicurezza in un villaggio come il nostro, ma lui rispondeva: "Ci capita di ospitare ricconi inglesi amanti dei viaggi zaino in spalla, inoltre saremo sicuri di non farci sfuggire niente di importante, senza contare che la sola presenza delle videocamere conferisce un che di professionale a tutto l'ambiente", e si fece spedire tutto l'occorrente da Tōkyō.

All'inizio guardavamo sempre i monitor, dopo un po' neanche li accendevamo più, ma in situazioni come quella tornavano decisamente utili.

Forse il nonno l'aveva fatto installare per controllare che la donna che abitava dietro casa nostra non compisse strani gesti. Pensare a questa ipotesi mi fece provare tenerezza per lui, per il suo desiderio di proteggerci.

Poi, guardando il video mi trovai di fronte l'ultima persona a cui avrei pensato. Una brontolona che al villaggio conoscevamo tutti, e che dentro di me avevo sempre chiamato "signora Ceppo".

Portava i capelli a caschetto e gli occhiali, e mi ricordava molto il personaggio di *Twin Peaks* che si chiamava così. Se la incontravi per strada immancabilmente ti rimproverava per qualcosa (perché magari eri passato davanti a casa sua, o l'avevi schizzata andando con l'auto su una pozzanghera, o perché parlavi a voce troppo alta) con un tono lamentoso, identico a quello dell'originale.

La signora Ceppo, però, non si era mai accanita su di noi in modo particolare, di solito se ne andava in giro nei pressi di casa sua, cioè ai piedi della collina, e non era mai arrivata fino da noi, né tantomeno mi risultava che avesse mai preso iniziative del genere.

Dubbi, però, non ce n'erano: le videocamere avevano ripreso proprio lei.

La si vedeva arrivare brontolando lungo la strada ancora buia con un sasso tra le mani. Si era fermata davanti a casa nostra, aveva mormorato qualcosa e lasciato il sasso per terra, poi se n'era andata.

"Ma perché? Perché lei?" dissi a voce alta.

Subito dopo mi vergognai per aver dubitato anche solo per un attimo di Nomura.

"Perché cosa?" disse proprio Nomura, facendomi prendere un colpo.

Arrivava sempre all'improvviso e sempre al momento giusto. Forse anche quella tempestività era un risultato dell'addestramento a cui si era sottoposto sin da bambino.

"Che guardi? Stai forse osservando le mie gesta straordinarie? O mi spii mentre dormo come un bebè? Voi donne single accecate dal desiderio siete pericolose!"

"Non preoccuparti, non siamo un albergo di quel genere, non teniamo telecamere nelle stanze!"

Gli raccontai la storia dei sassi e gli mostrai la registrazione.

"Ah, me la ricordo quella signora, c'era anche ai miei tempi… Com'è invecchiata, è proprio vero che il tempo passa in fretta. La vita ha una data di scadenza. Mi sento come Urashima Tarō."

Quei suoi commenti, che non c'entravano niente con la questione di cui gli avevo parlato, mi lasciarono interdetta.

La signora era senz'altro invecchiata. Portava la solita vecchia camicetta beige, una delle sue gonne marroncine che andavano bene per tutte le stagioni e calzini bianchi alla caviglia. Scarpe da ginnastica scurite dall'uso.

Con il passare degli anni, avevo cominciato a considerare quella donna, invecchiata a forza di lamentele, una parte del paesaggio. Per me lei era lì, come lo sono le mucche e le pecore. È strano pensare che un essere umano possa apparirci così.

La signora Ceppo era di certo una parte del nostro villaggio, proprio come il verde della vegetazione alle sue spalle.

Probabilmente non ci vorremo mai bene né riusciremo a capirci l'una con l'altra, ma un giorno lei non ci sarà più. E al paesaggio intorno a noi mancherà un pezzo.

Quante cose vedono i nostri occhi.

Ci basta osservarle per averne memoria, accumularle, fino a quando crescono come le acque di un lago.

"Perché prende i sassi dal mio terreno e li lascia qua davanti?" domandò Nomura.

"Non ne ho la minima idea."

"Andiamoci subito, così glielo chiediamo di persona!" esclamò.

"Laggiù? Così all'improvviso? Ma no," risposi incredula.

"Ti sentirai meglio, dopo."

"Ma chissà se capisce quello che le si dice."

"Proviamoci, almeno. Già che ci sono magari posso arrivare fino alla collina, è da così tanto tempo che non ci vado."

"Be', allora preparo il thermos."

Corsi verso il frigorifero e lo riempii di tè freddo.

Poi salimmo sull'utilitaria di Nomura.

Con l'entusiasmo che accompagna le decisioni prese sul momento.

Fino alla collina sono dieci minuti in macchina lungo una bella strada di montagna immersa nel verde del fogliame fresco.

"Miki, quand'è che hai incontrato mia moglie?"

"Tua moglie portava magliette a righe, aveva pochi capelli, gli occhioni dolci e malinconici come un cerbiatto e ti chiamava a voce alta e con un tono da cui traspariva un profondo rispetto?" replicai.

Nomura, forse perché gli era tornato in mente ognuno di quei particolari, aveva gli occhi lucidi.

"Esatto. Quando l'hai incontrata? Se non aveva i capelli dev'essere quando si era già ammalata," rispose, ormai in lacrime.

"No, l'ho vista in sogno."

"Come? Ma è fantastico, Miki, non sapevo che avessi poteri del genere!"

"Sono pur sempre la nipote di mio nonno, anche se non ci sono legami di sangue tra noi," scherzai.

"Il fatto stesso che tu sia arrivata in quella famiglia seguendo un percorso per molti versi particolare dimostra che sei più speciale di una vera nipote."

"Un attimo di disattenzione e sei fuori. Così è stato il mio percorso. Dovevo fare attenzione alla minima deviazione. Se ti distrai è la fine. Le deviazioni potevano essere sporche, trascurate e maleodoranti, ma allo stesso tempo più facili, posti dove potevo scrollarmi di dosso ogni responsabilità: dovevo prestare sempre la massima attenzione."

"Immagino... Perciò sei cresciuta così presto."

"A me sembra di essere ancora una bambina delle elementari," risposi ridendo.

Nomura mi domandò: "Che ti ha detto mia moglie?".

"Sembrava proprio cotta di te. Continuava a ringraziarti. Per averla sposata, soprattutto."

"Ah sì? Beata te. A me non compare quasi mai in sogno."

Non disse altro. Fu un silenzio triste ma bello, una specie di preludio a infiniti racconti innescati dai ricordi.

Tacqui anch'io. In momenti come quello, le piante e il cielo si sostituiscono alle parole e riempiono l'anima.

Tinte e luci meravigliose inondarono l'abitacolo, dandoci l'impressione di percorrere la strada che porta in paradiso.

A un certo punto ci comparve davanti la collina e parcheggiammo in un piccolo piazzale proprio ai suoi piedi.

Come dicevano mia madre e mio padre, non esistevano documenti ufficiali riguardo all'identità della persona seppellita lì sotto. Io stessa, ai tempi del liceo, avevo fatto parecchie ricerche in biblioteca. Date le dimensioni doveva trattarsi di una persona importante, ma neanche gli anziani sembravano avere altre informazioni. Si diceva che in passato vi fossero grotte, che erano stati rinvenuti degli *haniwa*, ma nessuno aveva mai visto né le une né gli altri; al museo del villaggio non conservavano alcun oggetto funerario, gli studiosi non erano interessati e quindi non si erano fatti neanche scavi. Insomma, allo stato attuale era una collina come tutte le altre.

Quando mio nonno tornò in Giappone, notò che somigliava alla collina dove si diceva fosse seppellito il Santo Graal, il che gli fece balenare l'idea di aprire il bed & breakfast, il Big Hill.

Non impiegò molto, poi, a diventare com'è adesso. Mio nonno era giovane, la famiglia stava crescendo, nel villaggio c'era terreno a volontà.

A guardarla dal basso la collina sembra enorme, ma per raggiungere il punto più alto bastano dieci minuti. Ci si inerpica lungo il sentiero tortuoso sul fianco fino ad arrivare al piccolo belvedere in cima; a parte questo non c'è altro da fare, ma ci vengono in molti per portare a passeggio il cane o per ammirare il tramonto, ed è il posto da cui si gode la vista migliore del villaggio.

Con il vento forte si rischia di essere portati via, ma nelle belle giornate è perfetta per farci una corsetta.

"Quando sono qui mi sembra sempre di sentire una musica dolce di sottofondo. Ci sono venuto tante volte con tuo nonno. Guardavamo il panorama e passeggiavamo, tuo nonno diceva che era un buon allenamento per le gambe. All'epoca ero introverso e non avevo nemmeno mai visto una mappa del villaggio, né mi interessava il paesaggio. Pensavo solo a me stesso. Quando però ho cominciato a guardare all'esterno, questo mi ha salvato. All'inizio non osservavo il paesaggio, ma tuo nonno. Aspettavo sempre che mi insegnasse qualcosa, il che significava che ero ancora concentrato solo su me stesso. A poco a poco, però, le cose sono cambiate. A un certo punto mi sono accorto che la mattina non vedevo l'ora di infilarmi le scarpe. Quando ero di cattivo umore bastava una bella giornata a darmi la forza per andare avanti. Osservavo i fiori del giardino di casa, o il mare sempre diverso ogni volta che scendevamo a valle, e scoppiavo a piangere finché non mi passava tutto. Camminavo fino a che il corpo era esausto nel tentativo di farlo adattare alla stanchezza dello spirito."

Sorrisi. "Sei stato accanto a mio nonno molto più di me, Nomura."

Si mise a ridere anche lui. "Sei gelosa?"

"No, penso che mio nonno ne fosse felice. Era felice di veder crescere una persona che gli voleva così tanto bene. Diceva sempre che bravi ragazzi come te non ce ne sono al mondo."

"Non riesco ancora a credere che sia morto. Questa collina e questo mare sono proprio come allora. Neanche l'erba è cambiata, ne sono sicuro."

Eravamo saliti senza fermarci e avevamo entrambi il respiro affannato.

Ci mettemmo a sedere su una panchina nel gazebo nascosto in mezzo alla vegetazione e restammo lì a guardare il mare mentre sorseggiavamo il nostro tè. L'acqua luccicava come uno scrigno pieno di pietre preziose, la scogliera in lontananza si vedeva appena.

Riuscivo a sentire il battito del mio cuore.

I raggi del sole primaverile erano caldi, quasi brucianti.

Il piccolo pascolo proprio sotto di noi aveva il colore verde e dorato dell'erba nuova. Mucche, cavalli e pecore erano pois colorati che brucavano pigri.

La distesa d'erba brillante si stendeva a perdita d'occhio fino a incontrare il mare. Luci e colori si mescolavano in un'unica meravigliosa figura.

"Sono felice di essere tornato qui. È bello essere adulti. Lavori, ti concentri su quello che desideri per davvero e spesso lo ottieni."

"È vero, anch'io non vedevo l'ora di diplomarmi per poter aiutare i miei genitori a tempo pieno – forse ero un caso raro. Adesso sono felice di potermici dedicare anima e corpo. Non ho più la preoccupazione dei compiti, la sola cosa che debba studiare è l'inglese. Certo, i miei vecchi compagni sono andati tutti via."

"Sei stata brava, Miki. Nonostante ti abbiano abbandonata non ti sei mai lasciata abbattere e hai vissuto normalmente. Sono certo che gli dèi abbiano visto tutto. Posti belli come questi non ce ne sono da nessuna parte. Abbiamo a disposizione i frutti del mare e della montagna, e una collina che in silenzio veglia su di noi."

Che tipo strano: proprio lui che aveva vissuto in un posto bellissimo all'estero si metteva a fare certi discorsi.

Nonostante la mia vita quotidiana mi appagasse, sentivo una forte fascinazione per la vita all'estero, forse perché non avevo mai viaggiato fuori dal Giappone.

"Io sono sempre qui, per cui non ci faccio caso più di tanto. Ma ora che sei arrivato tu, e che me ne vado in giro a guardare le cose dal tuo punto di vista, mi sembra di riuscire ad assaporare quanto di buono il villaggio ha da offrire, e devo dire che mi piace. Forse non mi sono mai divertita tanto da quando ho finito la scuola. Mia madre presto sarà dimessa, tu sei tornato e ogni giorno è una nuova scoperta, e grazie a te forse avremo anche nuovi clienti. Mi sono resa conto solo adesso che, dopo un po' che non mi capitava niente, avevo iniziato a desiderare qualche cambiamento. Te ne sono grata."

"Ma che dici. Piuttosto sono felice di essere tornato senza aver perso troppo tempo."

Tutti intenti a chiacchierare in quel gazebo sembravamo proprio Heidi e Peter.

"Mia moglie non ha fatto in tempo a godersi gli aspetti positivi dell'età adulta, io invece sento che sono la maggioranza," disse con tono sentenzioso.

"Non conosco la vostra situazione, ma penso che essersi sposata con te l'abbia resa felice come mai nella sua vita."

"Con uno come me? Che sciocca che era." L'amore profondo che percepii nella sua voce rese felice anche me.

Avrei voluto gridarglielo al prossimo sogno.

Devi essere contenta di essere venuta al mondo, di averlo incontrato. L'ha detto anche lui: perderti è stato un brutto colpo. Credo proprio che ti amasse molto più di quanto tu pensi.

Mio nonno diceva sempre che dalla cima della collina si vedono molte cose.

Che dai posti dove c'è una bella vista si riesce a vedere meglio anche dentro di sé.

E che se ci veniva così spesso era anche perché aveva la sensazione di avvicinarsi alla nonna.

Il nonno e la nonna erano arrivati da Tōkyō in un modo incredibile, quasi una fuga d'amore. Cominciò tutto quando lui andò per incontrare un amico il quale, però, non si presentò all'appuntamento perché aveva sbagliato giorno. Mio nonno allora se ne andò a zonzo per la città e a un semaforo vide la nonna, se ne innamorò a prima vista, la invitò a cena e la sera stessa, mentre mangiavano *oden*, le chiese di sposarlo. Il nonno mi raccontò che tra loro l'intesa fu immediata, riuscivano a capirsi senza neanche parlare, e che venivano sempre sulla collina per guardare il cielo.

Adesso mi sembrava di capire meglio il desiderio suo e di mio padre di onorare la memoria dei morti.

Inerpicarsi sulla collina, mangiare pollo fritto, ripetere i gesti del passato li rendeva felici.

"C'è una forma di felicità che si raggiunge solo dopo che si è perso qualcuno. Tu ci sei già arrivato?"

"In che senso? Ti riferisci a mia moglie? Non mi sembra ancora vero... Ma venendo qui e vedendo te e i tuoi genitori ho la sensazione di capire cosa intendi. Pensavo di trovarvi più avviliti, spenti, immersi in un'atmosfera da fine delle vacanze, e invece avete ritrovato i vostri ritmi e i vostri tempi. Per me è un grande aiuto."

"È un po' come se i bei ricordi fermentassero, andando a riempire l'aria intorno a noi. Il dolore della prima fase si attenua e il resto della vita appare come carta bianca. È stato il nonno a insegnarmi a vedere le cose con questa leggerezza. Penso che anche lui se la sia passata male quando è morta la nonna, ma da che mi ricordo c'è sempre stato qualcosa di delicato nei suoi modi. Il senso di attesa per ciò che la vita aveva ancora da dargli, la consapevolezza che non aveva più niente da temere e che la nonna era sempre lì vicino a lui.

Allora non riuscivo ancora a capirlo, ma adesso che ho trascorso periodi estremamente dolorosi per la morte del nonno e dello zio Akio, mi sento liberata. E ricca. Non saprei spiegarlo, ma è come se per ogni cosa che perdiamo ne accumulassimo un'altra. Altrimenti i conti non tornerebbero."

"I conti? Che conti? Quelli della vita?" scherzò Nomura.

"Esatto. Non si può pensare che un evento sia solo doloroso. Se prestiamo attenzione vedremo che è il preludio a qualcos'altro. Pregherò affinché raggiunga anche tu questa consapevolezza."

"Grazie," bisbigliò Nomura come se mi stesse facendo una promessa.

Quando arrivammo nel quartiere della signora Ceppo la

trovammo, com'era prevedibile, che gironzolava nei dintorni di casa sua.

Camminava in tondo borbottando qualcosa tra sé. A guardarla non dava l'idea di essere particolarmente felice, e in effetti chiunque la vedesse tendeva a provare una certa malinconia. Persone come lei non mancano mai nei villaggi e nelle piccole città. Incarnano la sofferenza di tutti gli altri abitanti, dei nostri pensieri e delle nostre paure.

La signora Ceppo viveva alle spalle della casa del figlio, quindi non era sola, aveva qualcuno che si occupava di lei. La nuora l'accompagnava con la macchina in ospedale, dove le davano i tranquillanti di cui aveva bisogno. Non doveva essere, dunque, veramente infelice, ciononostante la sua espressione era sempre scontenta.

Durante la discesa finii di raccontare a Nomura la storia dei sassi. Descrivendone anche la forma.

Non mi davano particolare fastidio, anche perché non erano neanche così grandi, ma vederli là davanti mi inquietava, mi impensieriva.

Nomura disse: "Dobbiamo assolutamente scoprire il motivo per cui lo fa".

Risposi: "No, non voglio affrettare le cose. Per ora mi limiterò a farmi un'idea. Voglio vedere che reazione avrà quando mi presenterò da lei".

Purtroppo però Nomura non perse tempo, si avvicinò in fretta alla signora Ceppo che passeggiava nei pressi del recinto del pascolo e le domandò: "Non può lasciare tutti quei sassi vicino al cancelletto del bed & breakfast, perché lo fa? Per arrivarci da qui è anche un bel po' di strada".

Io stessa rimasi spiazzata, ma ormai era troppo tardi.

In effetti era il solito Nomura di sempre. La moglie si era presa proprio un bel tipo... Non potei impedirmi di ammirarla per il suo coraggio.

La signora Ceppo fissava Nomura e me con occhi sgomenti. Mi venne in mente che avevo smesso di salutarla proprio perché ogni volta mi rivolgeva sguardi come quello.

Osservandola mi resi conto che Nomura aveva ragione: ormai era diventata una signora anziana, e anche se i vestiti e il taglio di capelli erano sempre gli stessi, intorno alla bocca adesso aveva le rughe. Mi fece un po' pena.

Se non fosse venuta a mettermi quei sassi fuori casa, lei e io non avremmo avuto motivo di interagire, sarebbe stata solo una signora che viveva sotto una porzione di cielo poco lontana dalla mia, e invece ora mi rendevo conto che, nonostante tutto, quella donna era una parte della mia vita. Proprio come la nostra vecchia vicina, quella della casa sul retro: ci fai l'abitudine e a un certo punto la loro presenza nella tua vita si addensa.

La signora Ceppo borbottò qualcosa. Nomura le si avvicinò e tese l'orecchio. Lei borbottò ancora e gli voltò le spalle, poi si allontanò con passo incerto.

"Non seguirla," dissi con tono secco a Nomura. "A questo punto credo proprio che non verrà più."

"Ha detto una cosa strana."

"Sarebbe?"

"Ha detto: 'Che ci posso fare?, vengono ogni notte a chiedermelo. In sogno ho preso dei soldi, non posso certo rifiutare'. L'ha ripetuto più e più volte."

E da chi li avrebbe presi questi soldi? pensai, ma non c'era verso di saperlo. La sola cosa certa era che quei sassi venivano dal terreno acquistato da Nomura dietro casa nostra. E che quando lui non c'era, l'edificio era disabitato. Rabbrividii.

Le mucche e i cavalli al pascolo guardavano verso di noi. Le prime non erano destinate al macello, i secondi non erano di razza particolarmente pura. Il pascolo era più che altro un'attrazione turistica. C'erano un vecchio ristorante e un negozietto. Mia madre ci veniva sempre a comprare il latte. Vendevano anche formaggi fatti con il latte di capra.

"Compriamo del formaggio prima di rientrare," dissi. Mi sembrava che tutto puntasse in un'unica direzione, ed ero sicura che c'entrassero i cambiamenti in corso nella proprietà dietro casa nostra.

Dovevo scrollarmi di dosso quelle sensazioni negative. Per il momento era la cosa più importante, non doveva diventare un'ossessione. Non stavo scappando, dovevo semplicemente raccogliere le energie.

Quella notte feci uno strano sogno.

L'edificio dietro casa, che in teoria doveva essere stato già demolito, era tornato al suo posto, immerso nella foschia notturna.

Ci rimasi male. Pensavo che non ci fosse più e invece eccolo lì, segno che forse mi ero sbagliata.

Dalla foschia si levò un vortice nero che a poco a poco si spostò in direzione del villaggio. Passò sull'incrocio davanti all'ufficio postale e proseguì oltre i pascoli, verso il verde rigoglioso della collina e il pozzo di acqua sorgiva. In alcuni punti si placava, come risucchiato dall'aria stessa. Quando fu proprio sopra il villaggio, perse del tutto il suo alone nero.

I resti di presenze sacre proteggevano il nostro piccolo paese, e adesso mi era chiaro che se noi persone comuni potevamo continuare a vivere in quel posto era proprio grazie a loro.

La scena cambiò e mi ritrovai in un ospedale mai visto prima di allora.

Non era quello in cui era ricoverata la mamma, era più strano. Tutto bianco, anonimo, con gli arredi freddi e i pavimenti a perdita d'occhio.

I malati non erano tanti, anzi, era quasi vuoto.

Con le caviglie fasciate, camminavo lungo un corridoio senza una meta precisa.

Le poche persone avevano tutte un aspetto bizzarro. C'era chi borbottava qualcosa da solo, chi batteva le mani rivolto alla parete, chi torceva lentamente il collo, chi semplicemente se ne stava in piedi con aria assente... Che strano, dev'essere un reparto diverso da tutti gli altri, io in ogni caso dovrei essere in Chirurgia, pensai.

Mi guardai intorno alla ricerca di un infermiere, quando dall'altra parte del corridoio vidi un signore estremamente grasso e con la pelle flaccida venirmi incontro saltellando.

La scena era tutto fuorché rassicurante, infatti mi venne la pelle d'oca.

Aveva bende sul viso e tutt'intorno ai fianchi, eppure faceva balzi altissimi.

Mancava poco che toccasse il soffitto, a ogni salto si avvicinava sempre di più, il tutto ridendo.

Mi svegliai di soprassalto e vidi che non era ancora sorto il sole.

Rimasi per qualche minuto nella penombra, come stordita.

Guardai fuori dalla finestra e oltre il folto degli alberi e delle piante vidi che il vecchio edificio non c'era più. Meno male.

Mi alzai e preparai un tè nero.

Volevo bere qualcosa di caldo.

Il nostro era un villaggio antico, e sicuramente cent'anni prima qualcuno aveva guardato sorgere il sole oltre i vetri appannati di una finestra. Da quelle parti, all'alba, l'aria era densa e il presente si mescolava al tempo degli antenati.

Mi sedetti su una vecchia poltrona e alzai gli occhi al cielo sorseggiando il mio tè bollente. Da nessuna parte, come nel mio villaggio, finestre appannate e tè neri preparati con acqua sorgiva stavano così bene insieme.

Capii perché il nonno avesse visto un paesaggio inglese in mezzo a tutta quella nebbia.

Per la prima volta nella mia vita desiderai visitare Glastonbury, la città in cui si trovava il bed & breakfast con cui eravamo gemellati.

Non era affatto da me, così legata alla mia famiglia da non volermene mai allontanare, neanche per poco tempo. Sentivo che nel mio intimo più profondo era in atto un cambiamento. Un ruolo centrale spettava alla scomparsa dell'edificio alle spalle di casa nostra, che in qualche modo aveva sempre costituito un peso.

Mi chiesi che cosa volesse mai dire il sogno che avevo appena fatto. Una nebbia opprimente e oscura mi aveva invaso i pensieri.

E poi a rasserenarli arrivò un corriere, di primo mattino, e mi consegnò un pacchetto da parte della coppia del bed & breakfast di Glastonbury.

Scoprii così che la mamma aveva inviato loro una mail dall'ospedale.

Non potei fare a meno di pensare all'immensità dell'esistenza, e sentii quanto fosse forte, a dispetto della distanza fisica, il legame tra noi e loro. Quel pacchetto era veramente delizioso.

Era avvolto in due strati di carta, uno rosa e l'altro trasparente, e chiuso con un nastro. Conteneva incenso e candele profumati, uno spray per ambienti su cui era disegnata la figura di una maga, una pomata da applicare sulla gamba di mia madre, erbe essiccate e oli essenziali, una statuetta raffigurante una fata, degli splendidi cristalli, violette essiccate del giardino degli Sheen, una bella confezione di tè nero e una di cereali biologici: mentre tiravo fuori dalla scatola tutte quelle cose mi sembrava di sognare.

Frastornata da quella sorpresa, me ne rimasi per un po' a fissare quegli oggetti appoggiati sul tavolo.

Tra le erbe essiccate c'erano il prezzemolo, la salvia, il rosmarino e il timo... Sorrisi: mi trovavo nel mondo di *Scarbo-*

rough Fair. Percepii la luce del caso che illumina i momenti destinati a diventare storie.

C'era anche una lettera. Diceva, con caratteri tondeggianti che ricordavano la grafia di una ragazzina: "Ecco gli articoli per la purificazione che mi hai chiesto, Toshiko. Spero che veniate presto a trovarci, siete sempre i benvenuti. Vi aspettiamo".

Mia madre mi aveva detto che al piano terra del loro bed & breakfast avevano un negozietto molto carino che vendeva articoli per la magia bianca e generi alimentari biologici. Si trovava nella High Street, la strada principale di Glastonbury. Mi immaginai le vetrine piene di quelle belle cose che ci avevano mandato.

Per lungo tempo avevo dimenticato il legame che intercorreva tra il loro bed & breakfast e il nostro. Mi resi conto che dopo la morte del nonno non avevamo avuto quasi più contatti.

Ma scartare quel pacchetto era stato come sciogliere un incantesimo: il tempo aveva ricominciato a scorrere e mi avrebbe portato in posti nuovi, mondi nuovi, e a nuove sensazioni.

Laggiù c'era la collina del Santo Graal tanto cara a mio nonno, la famosa fonte con la sua acqua miracolosa, la chiesa austera in cui riposavano re Artù e la regina Ginevra, e la strada con quel negozio che vendeva oggetti insoliti. L'album di famiglia era pieno di fotografie di loro da giovani, sorridenti, in quei luoghi meravigliosi.

Decisi che ci sarei andata con mia madre dopo il suo ritorno dall'ospedale.

Era una grande fortuna che adesso ci fosse anche Nomura. In occasione delle rare uscite di mio padre, lui avrebbe potuto controllare la situazione.

Quella libertà era così inattesa che mi sentivo frastornata, ma avevo la sensazione che i lunghi periodi trascorsi in casa fossero una fase preparatoria a quanto stava per accadermi. Era arrivato un pacchetto dall'estero e la mamma non c'era, quindi dovevo essere io a scrivere un messaggio di ringraziamento e magari ricambiare... Già queste semplici operazioni erano come l'inizio di un nuovo percorso.

E va bene, fra poco andrò a bermi un tè preparato con l'acqua piena zeppa di minerali di una città inglese immersa in una nebbia fitta e fredda, mi dissi, e questa decisione mi scaldò il cuore.

Da laggiù, il ricordo di quella mattina mi avrebbe fatto sorridere.

Fu sufficiente quel piccolo sogno a scacciare la preoccupazione e la solitudine dei giorni senza mia madre.

Nelle vicinanze del sentiero che portava alla collina c'era una strada alberata che chiamavo "il viale delle fate". Una luce abbagliante filtrava dai rami e sembrava che le fate si nascondessero all'ombra delle piante.

Quel tratto di strada mi trasmetteva una sensazione di calore, era come se il paesaggio intorno volesse raccontarmi una storia.

È in uno spiazzo proprio alla fine di quella strada che i Suzuki, i proprietari terrieri più abbienti del villaggio, chiesero a mio padre di costruire la sua Stonehenge.

Come tutte le persone taciturne, mio padre era dotato di un buon intuito e sapeva distinguere a naso quale zona era preferibile destinare alla coltivazione e quale, invece, sarebbe stata valorizzata dalla sua installazione.

Oltre un basso recinto ci si trovava in un piccolo terreno disabitato con al centro una Stonehenge in miniatura.

Quella composizione essenziale e vivace al tempo stesso aveva su di me un effetto calmante.

Erano solo dei sassi alti un metro all'incirca e posizionati in cerchio in modo apparentemente casuale, ma se si restava lì abbastanza a lungo si riusciva a intuire con quanta cura mio padre avesse ragionato su dove collocarli.

Il suo tocco era evidente, in particolare, nell'unico sasso di grosse dimensioni della composizione, un blocco di ametista di un colore tenue che si trovava nella parte esposta a oriente. Era davvero bellissimo, nei giorni di bel tempo mi piaceva andare a mangiare il mio *bentō* all'ombra di quel sasso. Poi deponevo un mazzo di fiori di campo in segno di gratitudine. Raccoglievo tarassaco e trifoglio bianco lungo la strada, li legavo con un nastro, li offrivo al blocco di ametista e tornavo a casa. Farlo mi infondeva la stessa tranquillità che avrei provato visitando un santuario.

Quel giorno Nomura venne insieme a me.

Mangiammo degli *onigiri* che avevo preparato io, würstel e cetrioli marinati. Nomura tirò fuori l'occorrente dallo zaino e preparò il caffè. Con un fornelletto e la caffettiera. E tritando i chicchi con un minuscolo macinino.

"Non essendo Fujioka Hiroshi,[*] non arriverò a tostarmeli da solo. A San Francisco c'è una grande cultura del caffè e mi sono aggiunto anch'io alle schiere degli estimatori."

Il gorgoglio dell'acqua nella caffettiera si combinava alla perfezione con i suoni della natura. Il canto degli uccelli sovrastava tutti gli altri, lasciando poco spazio alle parole. Era facile, lì, capire mio padre. In mezzo ai suoni della natura, la voce dell'uomo risulta sempre troppo forte.

"Ne hai più trovati di sassi, poi?" bisbigliò Nomura.

"No. Evidentemente la nostra visita ha sortito i suoi effetti. Grazie. I lavori non sono ancora cominciati?"

"Dopodomani finalmente l'appezzamento sarà libero.

[*] Fujioka Hiroshi è un attore famoso soprattutto per la sua partecipazione al ciclo di *Kamen Rider*. Grande appassionato di caffè, nel suo sito vende anche miscele e altri prodotti. [*N.d.T.*]

Lasceremo solo il grande ciliegio e taglieremo tutti gli alberi morti e le piante secche. Aspetterò che abbiano svolto tutte le operazioni di consolidamento e poi tornerò a valle per recuperare il kit di montaggio della cupola. Risalirò il mese prossimo con i miei amici. Mi confermi che posso contare sulla tua ospitalità?"

"Vai avanti spedito, vedo. Farò in modo che agli operai non manchino mai tè e biscotti. Verranno fin quassù appositamente per questo lavoro, immagino."

"Grazie, sì. Ovviamente ci sarò sempre anch'io a controllare tutto."

Era un sollievo vedere come le cose e il tempo avessero ripreso a muoversi.

Mi tolsi le scarpe e affondai i piedi nell'erba, alla luce calda del sole.

Raggi trasparenti, corroboranti.

"Non è che per caso ti sono venuti i funghi ai piedi, Miki-chan? Cerchi di farteli passare con la luce del sole?"

"Ma che dici?" risposi, seccata per quell'intrusione molesta nel mio momento di beatitudine.

Quando si mangia all'aperto la sapidità e il sapore dei piatti sono accentuati, mi sembra. Un po' come quando si beve il tè nero in mezzo alla nebbia.

E forse mangiare in questo modo giova anche alla salute.

"Perché quella roccia viola è trasparente?" domandò Nomura. "Che sciccheria!"

"È ametista. Mio padre mi ha detto che trovarne una così arrotondata è stato difficilissimo. È dovuto andare dallo Hokkaidō fino a Yamanashi."

"Quella giusta l'avrà trovata a Yamanashi, allora."

"Esatto."

Strofinai la pietra con il panno bianco in cui avevo avvolto il contenitore del pranzo.

Esposta alla pioggia, al vento e alla luce, la superficie era diventata leggermente opaca, ma all'interno risplendeva ancora la sua luce naturale.

"Mi piace tantissimo appoggiarci la guancia quando ci batte il sole e si scalda."

"Me lo immagino."

"Nel periodo successivo alla morte del nonno, e poi anche quando è morto lo zio, venivo sempre qui, come oggi."

Ricordo che le mie lacrime scivolavano lungo la superficie dell'ametista e si scaldavano.

"Fai proprio la vita di Heidi. Ma soprattutto sei un'abitante di questo posto, e all'ennesima potenza," disse, con tono enfatico, Nomura. Annuii.

"Delle altre cose non so niente, ma sui dettagli minimi della vita di qui sono esperta."

"Credo che così funzioni la storia, quella vera. Non la storia che si trova nelle pagine dei libri, ma quella delle persone."

"Al tramonto la luce del sole è così forte che colora di rosa i volti degli abitanti, i muri delle case e anche le pecore. Mi piace un sacco."

Mi bastò dirlo per sentirmi felice. Fu sufficiente ricordare quella scena che non mi stancava mai nonostante la vedessi ogni giorno.

"La collina e la montagna si vedono rosa anche se le guardi dalla città," disse Nomura.

"Questa zona, i suoi paesaggi, dovrebbero essere riconosciuti come patrimonio dell'umanità. Mi piace troppo qui. Non voglio andarmene, mai."

Portate dal vento, le mie parole sorvolarono il villaggio per poi tornare verso il mare.

Sapevo bene cosa pensasse di me la gente del villaggio.

La loro opinione non era negativa, anzi, suppongo che fosse piuttosto positiva.

Ma certe cose le pensavano lo stesso, anche se in loro non c'era malafede.

"È una ragazza che è stata abbandonata da neonata, è strana, è diversa.

Sorride sempre ma è rimasta infantile e sembra anche un po' stupidina.

Se ne va in giro per il villaggio, osserva tutto e a volte è inquietante perché non è che si capisca sempre cosa le passa per la mente. Conversa allegramente con tutti ma ha spesso la testa tra le nuvole, è superficiale, e in fondo in fondo non è né serena né equilibrata. Non lascia capire ciò che prova e non abbassa mai la guardia. Sotto sotto ci osserva tutti dall'alto in basso, non c'è dubbio. E non poteva essere altrimenti, visto com'era suo nonno: un tipo instabile che, in quanto tale, era rispettato e disprezzato in egual misura.

È andata a genio al nonno, ecco perché anche i genitori hanno deciso di tenerla, e nonostante non sia nemmeno figlia loro è determinata a ereditare l'attività di famiglia. Insomma, le è andata bene. Ma la vita è un po' più complicata. È escluso che possa andare avanti così a lungo. La vita prima o poi ti presenta il conto."

Non potevo impedire alla gente di fare certi pensieri: è tipico degli esseri umani.

Non valeva la pena rettificare ogni cosa.

Vivere come addormentati su un letto di fiori non è sempre facile, è una scelta come tante, e una volta che la si è fatta inevitabilmente ci si espone a delle critiche.

Chi è in grado di capire capirà, chi non lo è non capirà mai. Si vive dedicando tutto di sé a un'unica cosa, e anzi, sarebbe preoccupante se tutti ci capissero al volo.

Invece la natura, dai vermi alle distese oceaniche, dalla brina alla luce del sole, dai fili d'erba agli alberi secolari, non si cura affatto di certe sciocchezze.

Quando osservo la natura, lei mi osserva con la medesima intensità.

Grazie per gli sguardi che mi rivolgi, per le belle parole, ti aspetto anche domani... Questa, e nessun'altra, è la sua risposta.

E vede tutto: che possiedo un cuore puro di cui nessuno può biasimarmi, che attribuisco importanza alla serenità e al calore, che faccio del mio meglio anche se nessuno lo sa.

Osservo la natura con cuore puro, e questo traspare dai miei occhi. Nulla condiziona il mio sguardo, nessun velo si frappone tra me e ciò che mi circonda.

Quegli istanti si trasformano in energia per la natura. Energia che, come un'onda, in seguito torna da me.

La natura del villaggio è la mia forza, e la mia forza ritorna al villaggio.

Fino ad arrivare alle pendici della montagna, e da lì al mare.

Un circolo che, secondo me, coincide con la vita stessa.

"Oggi cominciano i lavori e io ho un gran mal di testa. Ho fatto un sogno terribile," disse Nomura l'indomani mattina. Si era svegliato più tardi del solito. Gli servii uno *scone* e domandai: "Cosa hai sognato?". Intanto avevo messo a bollire l'acqua per il tè.

A dire il vero nemmeno io ero riuscita a dormire bene, ma lo tenni per me.

La notte precedente avevo l'affanno, proprio come durante un attacco di mal di montagna, un senso di oppressione al petto che alla fine mi aveva svegliato. L'aria nella stanza era densa, mettendo a fuoco mi sembrava quasi di vedere una specie di vortice. Non ricordavo cos'avessi sognato, ma era uno di quei sogni a frammenti, spaventosi, che nel momento in cui apri gli occhi ti lasciano una sensazione di stordimento. Avevo dovuto respirare a fondo per non so quanto tempo.

Quando finalmente il cielo si era rischiarato mi ero tranquillizzata ed ero riuscita a riprendere sonno.

Nomura era seduto al bancone da soli cinque posti della sala per la colazione, che all'occorrenza diventava il nostro pub.

Prima che arrivasse avevo lavato i vetri e pulito cucina e tavoli così bene che si vedeva ogni singolo granello di polvere in controluce. Nonostante l'insolita mattinata di sole, Nomura era di umore piuttosto cupo.

"Ho sognato che mi tagliavano il piede destro. Stranamente non usciva molto sangue, ma pur volendo recuperare il piede, la paura mi immobilizzava e non ci riuscivo."

"Ma è spaventoso."

Anch'io quella mattina avevo avuto un crampo al piede destro e mi faceva ancora male.

"Ero in una casa sconosciuta e credo di aver messo il piede in una sorta di trappola. Sono scappato fuori e il piede è rimasto all'interno.

A quel punto sei passata tu e ti ho chiesto di andarlo a recuperare. Tu allora hai fatto una faccia seccata però, alla fine, anche se controvoglia, ti sei addentrata in quella casa buia.

Dopo un po' che ti aspettavo, pregando affinché ti sbrigassi, sei uscita con il mio piede avvolto in un asciugamano – da come lo tenevi si capiva che ti faceva senso – e, con un'espressione ancora più seccata di prima, me lo hai riattaccato."

"Ed è rimasto attaccato?"

"Ti sembra questa la domanda da fare?"

"Così, ero curiosa..."

Nomura annuì e riprese: "Il sangue, che era diventato come una specie di corolla rossa, ha fatto da adesivo. A quel punto è arrivato tuo padre in macchina e ha detto che dovevamo andare in ospedale. Il mio sogno finisce qui. Non puoi capire che spavento. Al risveglio mi sono toccato la caviglia per verificare che il piede fosse al suo posto". Così dicendo, si guardò il piede ancora una volta.

Sorrisi. "Mah, mi spiace che nemmeno in sogno sono stata gentile con te. Forse ero impaurita per via del piede staccato. Su, consolati con qualcosa di dolce. Quella marmellata l'ha fatta mia madre con le fragole selvatiche che crescono nel terreno dei Suzuki a Stonehenge."

"È veramente squisita. Ha il giusto grado di acidità. Meglio di una medicina."

Finalmente Nomura rise di gusto. L'ombra di umor nero sul suo volto si era dissipata.

Forse la marmellata di mia madre non era come quegli articoli per la purificazione che ci avevano mandato gli Sheen, ma lei ci metteva tutto il suo impegno e il suo tempo, e nell'istante in cui la mettevi in bocca e la assaporavi era come un balsamo che si portava via tutti i pensieri inutili.

A me sembrava una vera magia.

"Bene, adesso mi sento meglio," disse Nomura. Poi spalancò la porta e si incamminò senza voltarsi indietro.

Ritirando i piatti, decisi che più tardi sarei andata a vedere com'era diventato il terreno dopo la demolizione.

Chiusi la sala e feci velocemente le pulizie. Poiché ero sudata, salii in stanza a cambiarmi.

Mentre ero concentrata sulle pulizie non me ne ero resa conto ma, dopo quell'inizio di giornata con il bel tempo, dalla montagna erano arrivate fitte nubi che avevano coperto tutto e aveva cominciato a piovere.

Una pioggia primaverile, leggera e silenziosa, stese un velo sul terreno e avvolse l'intero villaggio.

Volevo comunque indossare qualcosa di fresco e scelsi abiti primaverili.

Cosa potevo portare alla mamma? Degli *udon* caldi? E poi non dovevo dimenticarmi di dirle del pacchetto arrivato dall'Inghilterra. Pensai che fosse carino mostrarle sia la lettera sia tutti quei prodotti, quindi cominciai a prepararli.

In quel momento sentii un intenso vociare dalla finestra aperta.

Ma certo, i lavori, e in effetti c'era stato un gran chiasso di attrezzi e macchinari fino a poco prima, perché ora si erano fermati? Pensai che quel brusio non fosse normale e, preparandomi all'ennesima sorpresa, andai ad aprire la finestra che dava proprio sul retro.

Ciò che vidi aveva dell'incredibile.

Nelle vicinanze dell'albero di ciliegio c'era un grande fosso circondato da un capannello di persone. Un bulldozer era fermo proprio lì accanto. Gli operai, scesi dal cingolato, guardavano dentro il fosso. Nomura, con le sopracciglia aggrottate e l'aria assente, era in piedi sul bordo.

"Che accidenti è?" dissi.

Avevo la vista annebbiata per lo choc. Anzi, direi piuttosto che i miei occhi si rifiutavano di mettere a fuoco ciò che stavo guardando.

Al paesaggio di sempre se ne sovrappose un altro, completamente diverso dal solito, surreale, che mi fece perdere il senso della prospettiva.

Erano ossa umane.

Ossa bianche sporche di terriccio che, nel suolo spostato dai macchinari e dalla pioggia, formavano la sagoma di un essere umano. E intorno, proprio come degli *haniwa*, c'erano cinque o sei mucchietti di ossicini più piccoli.

Sembrava il sito di uno scavo archeologico, ma naturalmente non lo era. Era qualcosa di più recente, avvenuto – ne ero certa – quando io abitavo già lì.

Gli ossicini più piccoli erano umani? Forse di un neonato? Proprio allora un pensiero mi balenò in mente.

"No, quelli sono conigli."

E tutti i pezzi tornarono al loro posto.

La figlia scomparsa di quella donna, i conigli visti in sogno, la frattura della mamma, i sassi della signora Ceppo, l'incubo di Nomura… A quella ragazza, forse, era stato tagliato un piede. Dalla sua stessa madre.

Senza rendermene conto cominciai a piangere, ficcai nella borsa tutti i prodotti che volevo portare alla mamma e corsi da Nomura.

"Sei tu, Miki. Non sai che sollievo vederti. È successa una cosa incredibile. Temo che i lavori subiranno un ritardo," disse lui tutto d'un fiato, con il casco da cantiere ancora in testa. Mi sentii mancare la terra sotto i piedi.

"Penso che tu abbia ben altro di cui preoccuparti."

Nomura non si perse d'animo e ribatté: "Sai com'è, la gente a volte diventa più lucida quando succedono cose del tutto imprevedibili".

Non sapevo se quel suo atteggiamento fosse un tentativo disperato di darsi una spiegazione o se fosse davvero lucido come diceva. Sentii però, in fondo al suo cuore, la presenza del nonno. Era sempre stato lui a dargli forza. E poi forse c'era pure la moglie a vegliare su di lui.

Arrivò una volante della polizia e anche mio padre, attirato dalla confusione, uscì dal laboratorio. A poco a poco si formò un gruppetto di curiosi provenienti da tutto il vicinato e l'atmosfera si fece più tesa, ma Nomura non si scompose.

"Dopo che la polizia avrà fatto i suoi rilievi, spruzza un po' di questo in giro. Ti farà bene." Così dicendo, anche se quella più sconvolta ero io, gli consegnai lo spray, i sassi e il resto dei prodotti che ci avevano mandato dall'Inghilterra.

"Oh, ma guarda. Forse questa roba è proprio quello che mi serve in questo momento, in effetti mi sento un po' turbato."

Prese lo spray e se lo spruzzò addosso direttamente lì,

sotto la pioggia leggera, come se fosse un disinfettante. L'aroma dolce si diffuse rapidamente e, insieme alla pioggia, cadde nel terreno. Goccia dopo goccia, una spirale leggera di profumo si levava dal suolo.

"Ah, che buon odore," esclamò Nomura con un sorriso da bambino.

Mi tranquillizzai anch'io.

Capii che era finito tutto, che ogni cosa era venuta allo scoperto.

I poliziotti circoscrissero l'area del ritrovamento con una fune, chiesero a Nomura di rispondere ad alcune domande e dissero di voler sentire anche me e mio padre. Intanto continuavano ad arrivare volanti da altre città. Suoni inconsueti riempirono lo spazio intorno a noi e mi turbinavano nelle orecchie.

Ci aspettava un lungo pomeriggio.

Le ossa erano candide, il teschio aveva buchi enormi al posto degli occhi e sembravano fissarmi, uno sguardo che non avrei dimenticato tanto facilmente.

Voleva che la trovassimo, ne ero sicura.

Era tanto che cercava di farsi trovare.

Ero scossa, così decisi di far visita alla mamma quella sera stessa insieme a mio padre.

Di solito andavamo a trovarla uno alla volta, quindi fu sorpresa di vederci entrambi, ma lo fu ancora di più dopo aver sentito ciò che avevamo da raccontarle.

"Chissà, forse voleva farci sapere che era lì."

"Ha ucciso prima la figlia e poi tutti quei conigli: che diavolo le passava per la testa?" aggiunse mio padre. "Desiderava il potere, o forse l'amore." Le sue parole caddero come un rumore sordo in quella stanza d'ospedale.

Momenti infelici ce n'erano stati anche per noi, persino più dolorosi, ciononostante non ci eravamo mai nemmeno immaginati capaci di un gesto del genere. Perché non avevamo mai cercato di dare la colpa a qualcuno.

"Se neanche stavolta ci fossimo accorti di quella ragazza, e avessero costruito una casa sopra quel che di lei rimane, allora sì che nessuno avrebbe più saputo niente. Non poteva proprio sopportarlo. Si è aggrappata a quest'ultima occasione e ha cercato di dircelo in mille modi diversi. In un villaggio fuori dall'ordinario si verificano spesso fatti straordinari," continuò la mamma.

"Forse è la ragazza che cercava di dircelo, o forse sua madre," rispose il papà.

Sembrava convinto. Io non l'avevo mai vista. Chissà da quanto tempo era seppellita là sotto. Chissà quante volte avevo aperto e chiuso le tende della finestra senza sapere nulla.

"E pensare che al villaggio ci vantavamo di non aver avuto mai neanche un omicidio," rifletté la mamma.

"Cose del genere però avvengono di rado, e visto che ce n'è già stato uno, non ne avremo per chissà quanto," ribatté, ottimista, il papà.

Ora li riconoscevo.

"Mamma, senti, quando starai meglio, perché non facciamo visita agli Sheen in Inghilterra? Mi piacerebbe andarci. Vorrei salire su quella collina."

"Ma sì. Se non mangio il fish and chips originale, di tanto in tanto, rischio di perdere la mano. Alla casa può pensare tuo padre. Sarà un motivo in più per guarire in fretta."

"Per me va bene," rispose il papà.

"Tu potresti dare una mano a Nomura con i lavori, eh papà?"

"Sì, d'accordo, quando comincerà a prendere forma, verrò a dare un'occhiata anch'io."

Per un attimo ebbi la sensazione di stare osservando quella scena dall'esterno: quanto tempo e quanta cura avevano dedicato al loro rapporto per arrivare a parlare in modo così spontaneo? Quante volte avevano schivato il "diverso"? E quanto era stato difficile?

Non potei fare a meno di pensare che alcuni miracoli avvengono proprio vicino a noi.

Mi misi a piangere, la mamma a ridere.

"Ci facciamo un bel viaggetto, andiamo a prendere un po' d'aria."

A ogni lacrimone la mamma mi dava un colpetto sulla mano e diceva "perché piangi?, va tutto bene, stiamo tutti bene".

"È che la vita è veramente incredibile. Mentre noi ce la spassavamo con il nonno, e mentre soffrivamo e ci stringevamo gli uni agli altri per la morte sua e dello zio, e poi quando abbiamo superato quel momento e ritrovato la felicità, negli stessi istanti dietro casa nostra c'era qualcuno che ammazzava conigli senza pietà, che tagliava piedi a cadaveri e li seppelliva. Era così vicina a noi, eppure non abbiamo potuto fare niente, non ci siamo mai neanche interessati. È troppo spaventoso."

"La vita è così: ciascuno decide dove stare," disse mio padre.

"Parli come il nonno. Che nostalgia. Cos'è, sei diventato una specie di sciamano?" scherzò la mamma.

"Nossignore. Lo penso per davvero. Capita di non riuscire a comprendere una persona anche se è proprio accanto a noi, ed è come se vivesse in un altro mondo. È normale. Forse anche per gli animali della giungla funziona così. È la cosa più naturale che ci sia. Credo che ci si debba piuttosto sentire fieri di quanto si è riusciti a fare."

I miei genitori cominciarono a parlare del più e del meno. Dopo una notte insonne ero davvero stanca e mi addormentai sul divano della stanza.

Non saprei dire di cosa stessero chiacchierando, ma a un certo punto mia madre intonò un motivetto e chiese a mio padre se ricordava il titolo della canzone. Sentendola cantare mi sembrò di essere tornata bambina.

Mi addormentavo spesso così sul divano del salotto, con le voci della mamma e del papà in sottofondo. Parlavano di cose di poco conto, conversazioni del tutto banali. Discorsi già sentiti che tornavano a cadenza regolare, simili alle onde del mare, ma che per me erano un tesoro.

La mia vita era la preghiera di chi possedeva quel tesoro, di chi non sapeva ancora di possederlo e di tutti quelli che invece non l'avrebbero mai posseduto.

"Sai, anche se da un lato il fatto che Miki-*chan* abbia deciso di restare con noi mi fa sentire in colpa, devo ammettere che in circostanze come questa ci è veramente di aiuto," disse la mamma. Sentendo pronunciare il mio nome mi svegliai di colpo, ma finsi di essere ancora addormentata.

"In passato questo senso di tranquillità era una costante della vita delle persone. Forse finora ce la siamo presa fin troppo comoda. Stiamo così bene che quasi non siamo mai usciti dal villaggio. La maggior parte delle famiglie, al giorno d'oggi, se la passa molto peggio," rispose mio padre.

"Perché oggi i figli se ne vanno tutti lontano. C'è chi si sposa all'estero e non torna più. Neanche la vecchiaia è una preoccupazione per noi. La nostra vita è un cerchio, un percorso del tutto naturale: a volte mi sembra di essere uguale alle piante e agli animali. Siamo stati davvero fortunati ad avere Miki."

"Hai ragione. Eravamo così depressi all'idea di non poter avere figli, e invece poi ci è arrivata una bambina mille volte meglio anche di un figlio naturale. Siamo stati proprio fortunati."

"Secondo te l'abbiamo mai forzata nelle sue scelte? No, vero?"

Papà scosse il capo.

"Ma no. Io sono pronto ad accettare qualsiasi sua decisione all'istante, anche se venisse proprio adesso a dirmi che vuole andarsene da casa."

"Chissà se lo fa per gratitudine. È una gran lavoratrice e si prende sempre cura di noi, ma non è per questo che l'ho portata a casa con me. A volte mi dispiace. Vorrei solo che facesse ciò che desidera."

"Ma perché non ha un ragazzo? Non dirmi che non è mai stata con nessuno fino ad ora."

"No, questo no. Da ragazzina è uscita con dei coetanei, non tanti però. Se non sbaglio l'ultimo era di Tōkyō."

"E perché si sono lasciati?"

"Non lo so. Ho cercato di non farle troppe domande."

"Probabilmente voleva trasferirsi a Tōkyō ma non l'ha fatto per riguardo nei nostri confronti, mi sa," disse mio padre con tono pensoso.

"Potrebbe anche essere andata così. Mi sarebbe dispiaciuto se si fosse trasferita, ma non mi sarei mai e poi mai opposta."

Il papà annuì. Lei mormorò: "Però sai, basta una frattura e cominci a sentirti perso. Capisci che la salute è tutto fuorché scontata," mormorò la mamma.

"E allora dobbiamo cercare di rimanere in forma tutti e due."

"Quando starò meglio andrò con lei a Glastonbury. Prima ci andavamo sempre, ricordi? L'idea di non poterci più andare con mio padre mi metteva tristezza, ecco perché negli ultimi tempi ho evitato. Ma è stato ingiusto nei confronti di Miki. Ha bisogno anche lei di ampliare il proprio orizzonte."

"Devi portarla in quel posto di Salisbury dove fanno il fish and chips. Quello famoso, da cui hai preso la ricetta per il nostro."

La mamma approvò. "Sì, certo. Ma come prima cosa devo guarire."

Erano tutti presi da quella conversazione.

Per l'imbarazzo continuai a fingere di dormire, ma avrei voluto dire loro che si sbagliavano.

Ero così felice di stare con loro che non potevo rimanermene con le mani in mano.

Neanche per una volta avevo invidiato i miei coetanei che riuscivano a comportarsi diversamente. Stavo lì perché mi piaceva.

Nonostante la disavventura con la signora Ceppo e i misteri della casa dietro la nostra, quel piccolo villaggio mi piaceva perché era una proiezione del mio mondo interiore, cose brutte comprese.

Mentre ero lì a sonnecchiare, forse per via di quella conversazione, mi immaginai il nonno da giovane che passeggiava lungo la High Street di Glastonbury. Portava dei jeans e una T-shirt tie-dye, sandali sporchi e al collo un grosso cristallo appeso a un laccio di cuoio. Con ogni probabilità un regalo della ragazza che frequentava laggiù.

Aveva appena smesso di piovere e il cielo, d'un azzurro intenso, era tagliato in due dall'arcobaleno. I colori rosati del pomeriggio si riflettevano nelle vetrine dei negozi e mio nonno, con la spavalderia dei ragazzi della sua età, procedeva verso il futuro a occhi socchiusi.

Avrei voluto chiamarlo.

Ti aspetta una gran bella vita, troverai il grande amore, avrai due figli, anche se uno non vivrà a lungo, ma tu sarai amato da tutti, farai ciò che ti piace, avrai chi si prenderà cura di te. E chiunque ti incontrerà, continuerà a volerti bene, tua nipote come i semplici conoscenti, i bambini del quartiere e anche Nomura.

Avrei voluto dirgli tutte queste cose.

In quell'istante lui, ancora così giovane, gli occhi che brillavano con l'intensità della vita stessa, alzò lo sguardo verso il cielo. E, chissà come, incontrò il mio.

Mio nonno sorrise. Anche se non l'avevo conosciuto a

quell'età, riconobbi in lui qualcosa della persona che sarebbe diventato, e quel sorriso mi parve familiare.

Era lì, le mani in tasca in mezzo a quella strada variopinta, con le facciate dei negozi tutte diverse, e mi guardava. Ricambiai il suo sorriso con il cuore colmo di gratitudine.

Sapevo che non lo avrei mai potuto ringraziare abbastanza, mi sentivo libera.

A un certo punto il nonno si incamminò con passo sicuro lungo la strada colorata dal tramonto.

Presto anch'io percorrerò quella stessa strada, così come quella che facevano per andare a comprare il pollo fritto: rivivrò i suoi stati d'animo passo dopo passo, mi fermerò nello stesso punto al tramonto, sotto uno splendido arcobaleno, e alzerò gli occhi al cielo.

Il terreno, che a quel punto avrebbe già dovuto essere sgombro, era circondato da nastri e teloni.

I rilievi della polizia durarono circa un mese e questo rallentò i lavori.

Non avrei mai e poi mai immaginato di vedere una scena del genere proprio sotto la mia finestra.

Un sentore stantio saturava l'aria come quando l'edificio era ancora lì, esposto alle intemperie, con la sola differenza che adesso si vedevano mucchi di fiori lasciati dalla gente del vicinato davanti ai teloni.

Per scaricare la tensione decisi di arrivare a piedi alla Stonehenge di mio padre.

Una volta arrivata fui sorpresa di trovarci già qualcuno: Nomura.

Era seduto a occhi chiusi con la schiena appoggiata al blocco di ametista.

Sembrava che meditasse, ma forse dormiva.

Mi ricordò mio nonno.

Una parte di mio nonno stava crescendo in lui.

"Ciao, Nomura-*kun*."

Sentendosi chiamare aprì lentamente gli occhi.

Vi scorsi una luce profonda come l'universo, intensa come un lampo. Disperse in un attimo la foschia che mi portavo dentro.

Era la stessa luce che albergava nello sguardo di mio nonno, e di cui avevo molta nostalgia.

Per la prima volta dopo tanto tempo riconobbi la purezza che, come una benedizione, contaminava tutto ciò su cui si posavano i suoi occhi.

"Stai meglio? Ci sentiamo in parte responsabili per non esserci accorti di quanto succedeva a così poca distanza da noi."

Senza scomporsi, Nomura rispose: "Mah, sono cose che capitano nei posti ricchi di storia".

"Ah sì? È così che l'hai presa?" replicai stupita.

"Ma è così, non ti pare? Capita spesso. Dove vivono gli esseri umani succedono le cose più impensabili."

"Gli omicidi però non sono così frequenti."

"Ragionando sul lungo periodo, penso che se ne possano trovare un po' dappertutto."

"E non ti fa nessun effetto?"

"No. Renderò onore alla sua memoria e ci abiterò nel modo più rispettoso possibile. Così la sua anima troverà pace, non pensi? Mi riferisco alla ragazza seppellita in giardino."

Dal tono della sua voce si capiva che era sincero.

"Sei una persona speciale. Mi hai quasi convinto che non ci sia niente da temere."

"Devo dire però che per i conigli mi dispiace tantissimo. Ne ha uccisi undici," disse Nomura guardando l'erba intorno ai propri piedi.

A scuola lui era quello che si prendeva cura dei conigli. Nomura, l'amico degli animali.

"Chissà perché ha scelto proprio i conigli."

"Chissà. I pazzi seguono sempre una loro logica insondabile. Forse per lei aveva perfettamente senso. Quando andrò ad abitarci mi prenderò un cane. Un grosso cane nero."

"Che bello, sarà una ventata di allegria per tutto il quartiere. Te lo porterò a spasso anch'io qualche volta. Adesso il significato del tuo sogno è chiaro. Lo spirito della ragazza dello scheletro non riusciva a separarsi dal corpo. A quanto dicono il piede le è stato tagliato dopo la morte."

Tornava tutto, anche il fatto che in sogno io gli avessi riattaccato il piede.

"Poverina. Chissà perché non è venuta a chiederci aiuto. Perché è rimasta lì a fare una vita terribile mentre noi, a pochi metri di distanza, vivevamo nella più assoluta tranquillità? Soprattutto, come si può vivere sereni quando nella casa accanto alla propria succedono cose del genere? E senza esserne minimamente influenzati."

Ero dispiaciuta per quella ragazza, ma allo stesso tempo mi sentivo sollevata.

Sapere che qualcosa era effettivamente accaduto cancellava ogni senso di minaccia incombente.

Finalmente avevo capito. Qualunque sia il pericolo, se riusciamo a non perdere di vista la luce che è dentro di noi possiamo continuare a condurre una vita serena.

"Voi Ōhira sapete sempre quando fermarvi, un attimo prima del passo fatale. È il miglior meccanismo di difesa che esista. In ogni caso, quando verrà a trovarmi il mio maestro di yoga non gli dirò niente di tutta questa storia. Zitta anche tu, mi raccomando."

Scoppiai a ridere.

"Gli basterà fare due passi nel quartiere per scoprirlo. Mi offro di ospitarlo al bed & breakfast, comunque."

"Hai ragione, che guaio. Come prima cosa voglio installare vicino al ciliegio una piccola lapide a forma di coniglio, l'ho già commissionata a tuo padre."

"Oh, che meraviglia! Hai avuto proprio una bella idea, Nomura-*kun*."

"D'ora in avanti la mia vita sarà in questo posto. Devo purificare la terra su cui vivrò."

Sembrava determinato.

La cosa mi tranquillizzò: con tutto quello che gli era capitato, non sarebbe stato strano sapere che rinunciava al proposito di vivere lì.

Credo che il tempo passato con mio nonno fosse per lui la parte migliore della sua esistenza. Tutto era cominciato da lì, da quei momenti insostituibili.

Il pensiero inorgoglì anche me.

"Come sta tua madre?" chiese Nomura, cambiando discorso.

"A breve comincerà la riabilitazione e fra due settimane dovrebbero dimetterla."

"Meno male!"

Poi riprese, come se gli fosse venuto in mente all'improvviso: "Quasi dimenticavo: giorni fa ho visto il tuo principe e mi ha dato l'impressione di non essere altro che uno fissato con i pesci tropicali. Correva a perdifiato dietro all'autobus e devo dire che faceva proprio una pessima figura. Non ho mai visto uno così scoordinato. Se avessi assistito alla scena saresti rimasta delusa anche tu, Miki-*chan*".

"Oh oh, cos'è, sei geloso? Chi se ne importa se non sa correre. Anzi, mi è ancora più simpatico. Sapere che tu hai fatto certi pensieri invece sì che è una delusione, e ben peggiore."

"Be', meno male che almeno mia moglie mi porta rispetto anche da morta!" borbottò Nomura.

Quella conversazione così banale si infilò tra i fili d'erba e impregnò il terreno, avviandosi a diventare un altro pezzo della storia di Stonehenge.

Quante volte ancora, nella mia vita, avrei fatto visita a quel posto?

Tante, certo, ma non infinite.

E quelle pietre forse sarebbero rimaste lì anche dopo la mia morte. Se pure un giorno qualcuno avesse demolito tutto come era stato con la casa vicino alla nostra, le pietre sarebbero state ricomposte da qualche altra parte, o magari sarebbero finite sottoterra... Ma sarebbero rimaste.

Pregne delle mie lacrime e della mia felicità, avrebbero continuato a esistere ancora a lungo chissà dove. È la forza intrinseca della pietra.

Capii che le persone agiscono in risposta ai soli desideri e non importa se poi sbagliano o cosa ne pensino gli altri.

Sognai di essere seduta su un pontile della città a valle.

Era quasi il tramonto, l'ora in cui un velo d'ombra si stende da oriente a coprire la città. In cui strati di oscurità si posano l'uno sopra l'altro come fogli di carta velina, impalpabili. I volti delle persone a poco a poco impallidiscono. Le sagome nere delle barche si addensano.

Credevo di essere sola lì al porto, a guardare la luce lieve mentre moriva, il bagliore del faro e i suoi continui ritorni. Invece mi ritrovai la moglie di Nomura proprio accanto.

Eravamo sedute sul bordo del pontile ma, per la logica insondabile dei sogni, dalla nostra posizione sovrastavamo l'intero litorale. Sentivo il cemento freddo e rigido sotto le natiche, la spiaggia era ben visibile. Le barche in lontananza erano lumini che si affacciavano dagli intervalli delle onde scure.

Puoi farmi visita in sogno tutte le volte che vuoi, pensai. Così potrai restare vicino anche a Nomura, puoi vivere la mia vita insieme a me. Anche se sei morta, nei miei sogni continuerai a vivere.

La moglie di Nomura, con il vento che le carezzava i capelli, mi guardò e sorrise. Il suo era il sorriso limpido di chi conosce l'amore. La calma incrollabile che contraddistingue quelli che non hanno motivo di provare alcun rimpianto.

Quella purezza si estese fino a me.

"Guarda laggiù, sulla spiaggia, c'è qualcuno," disse.

Guardai verso il mare.

C'era una ragazzina tutta intenta a raccogliere *wakame*.

Avrà avuto non più di quindici anni. Raccoglieva le alghe come se fosse l'operazione più delicata del mondo. Le staccava alla base, sceglieva le più grandi, le più belle, quasi avesse pianificato tutto con la massima attenzione.

Era una bella ragazza, alta, magra e di carnagione olivastra. Non era truccata e anche il taglio dei capelli era naturale, ma si vedeva che da grande sarebbe diventata molto bella.

Raccolse le alghe nella penombra, vi stese sopra una coperta e poi vi depose con cura una neonata che dormiva avvolta in un lenzuolo, poco distante.

Allora capii.

"È questo che volevi mostrarmi?"

"Hai capito adesso?" ribatté ridendo.

"Quella lì è la mia vera madre? Ma se è lei stessa una bambina. Una bambina non può avere bambini."

Non credevo ai miei occhi. Me l'ero sempre immaginata diversa, più grande. Una prostituta, magari, una sbandata o una pazza.

"Se ti ha abbandonato è proprio perché era una bambina, no? Quella ragazza è orfana. Viene da un orfanotrofio che si trova in una cittadina di mare proprio alle spalle di quel promontorio laggiù. Dopo essere scappata da lì, è andata a vivere con un ragazzo a Tōkyō, è rimasta incinta e ha deciso di tenere il bambino, solo che poi lui è sparito e lei è rimasta senza soldi. Era così provata che le è venuta un'ulcera e a quel punto non ce l'ha più fatta, e ha deciso che all'orfanotrofio dove era cresciuta avrebbero potuto prendersi cura anche di sua figlia, ma una volta arrivata lì ha visto che avevano già troppi bambini a cui badare e poco personale a disposizione. Proprio quando non sapeva più che fare, ha avuto una specie di illuminazione e ha deciso di abbandonarla. Forse erano stati gli dèi a suggerirle cosa fare. Fatto sta che quando è arrivata qui non aveva più il minimo dubbio.

E poi ha aspettato, accovacciata laggiù nell'ombra, fino a che qualcuno non ti ha trovato. Se non si fosse fatto vivo nessuno, o se avessi cominciato a piangere, sarebbe tornata a prenderti per portarti all'orfanotrofio. Ma se ci teneva così tanto avrebbe anche potuto evitare di abbandonarmi, dirai tu. Poi si è trasferita a Fujisawa, dove vive tuttora. Il ragazzo che se l'è data a gambe... sarebbe a dire il tuo vero padre... Insomma, non è con lui che si è sposata, ma con un altro, un brav'uomo, e non hanno avuto figli.

Il tuo padre naturale invece è morto. Dopo la fuga ha lavorato per un po' in un ristorante di cucina tradizionale nel suo villaggio natale, vicino al Lago Biwa, ma ha avuto un incidente mentre era alla guida di un furgone. Sebbene fosse incapace di assumersi le sue responsabilità, era una persona tranquilla e gentile."

La moglie di Nomura indicò il promontorio. Il suo profilo scuro si stagliava sullo sfondo come la cresta di una montagna, i fari delle auto disegnavano una striscia luminosa che ne ricalcava il contorno.

Così è la vita, pensai.

Le tenebre sempre a un passo, noi che proprio non riusciamo a diventare ciò che vorremmo, che ci lasciamo travolgere dagli eventi, agiamo d'impulso, tentiamo di dimenticare e a volte siamo capaci persino di uccidere e ci abituiamo anche alle azioni più scabrose... Non era solo la casa alle spalle della nostra a essere finita in un vortice di dimensioni incredibili: bastava guardarsi intorno per capire che al centro del vortice c'era la società intera. In una certa misura siamo noi a scegliere le persone che incontriamo ogni giorno, per questo è così difficile percepire quanto sia diverso il mondo esterno.

Ma se ci guardiamo intorno, se guardiamo fuori, nel vero senso della parola, lo capiremo immediatamente.

Per me era tutto chiaro, perché era proprio da fuori che ero arrivata nel villaggio.

Scese il buio, la mia mammina adolescente svanì, la neonata non si vedeva più. Nella penombra si sentiva solo il fragore delle onde.

Mi chiesi se non stessi sognando – anche se quello era già un sogno. Ricordavo chiaramente i movimenti misurati con cui aveva deposto la neonata sul soffice letto di alghe, piano, per non svegliarla.

Forse la sua scelta non era stata generosa, ma in quello che avevo appena visto c'era del calore. E per me era sufficiente.

Avevo assistito all'ennesima, spaventosa, manifestazione del "diverso".

Dopo aver partorito una bambina, dopo averla vista e aver passato più di un mese con lei, quella ragazzina continuava a pensare alla sua vita di prima.

Voleva lavorare, guardare la televisione con il suo ragazzo, uscire per bere qualcosa come aveva sempre fatto. Voleva tornare indietro, in fondo era la sua vita, lo era stata fino a poco tempo prima e le piaceva, non aveva ancora l'età adatta per diventare madre, quindi doveva solo dimenticare. Sapeva di non poter tornare indietro, ma faceva finta di non saperlo.

"Sei troppo giovane," le dicevano, parole che si fecero strada dentro di lei e alla fine la convinsero.

E lei scelse il "diverso".

Risentita, mormorai che se mi avesse tenuta con sé avrebbe fatto un affare: quando le sarebbe capitata più una bambina simpatica come me? Ma durò solo pochi istanti.

"Sono contenta, era una bella ragazza e sembrava anche buona. Spero che sia felice. In cuor mio continuavo a sperare di non essere la figlia dello scheletro che hanno seppellito dietro casa nostra. Per come si erano messe le cose ultimamente tutto sembrava puntare in quella direzione."

"E invece non è così, che tu ci creda o no," rispose la moglie di Nomura. "Pensi che quella donna avrebbe lasciato perdere se fossi stata sua nipote? Ti avrebbe uccisa già da neonata. A quest'ora saresti un mucchietto di ossa sotterrato insieme a quelle dei conigli."

"Comunque sia, per me le cose non cambiano più di tanto... Resta il fatto che sono stata abbandonata, che qualcuno si è rifiutato di crescermi. Ma è una storia che ho consumato a furia di rimuginarci sopra e non mi importa più. Non sono la nipote di quella donna e questo è già un sollievo. Forse è irrispettoso nei confronti della sua famiglia, ma per me è un sollievo."

Feci una pausa, poi cominciai a domandarle a raffica: "Ehi, ma gli spiriti della casa dietro la nostra li hai mai incontrati? C'è una cosa che mi risulta talmente incomprensibile da farmi venire voglia di chiederglielo: che cosa potevano mai portarsi dentro per vivere in un villaggio così bello senza godere mai del sole, dei tramonti, della nebbia e del mare? Oh, e mio nonno invece lo hai mai visto?".

"Mi sono fatta l'idea che tuo nonno di tanto in tanto scenda giù, quindi penso che prima o poi lo potrò anche incontrare, ma gli spiriti più spaventosi si trovano in un altro mondo al quale non ho modo di accedere," spiegò. "Io stessa non sono in grado di prevedere quando posso mettermi in contatto con te."

"Sei ancora vicina a Nomura-*kun*? Non ti viene mai a noia?"

"Spero di potergli restare vicino ancora a lungo. Ma qui dove mi trovo il tempo non ha valore, è come un sogno perenne. Ed è proprio attraverso i sogni che, di tanto in tanto, riesco ad andare da lui."

"Nei sogni che fa di notte è immerso in una felicità tutta sua. È una cosa stupenda, non credi? Che per ognuno di noi esista una felicità inaccessibile agli altri. Gli esseri umani sono liberi e la loro vita è come un sogno infinito. Ne sono sempre stata convinta, ma ho paura che se lo dicessi a voce alta tutti mi prenderebbero in giro. In fondo sono l'erede diretta di mio nonno, qualcosa dovrò pure averlo imparato. Così la morte fa un po' meno paura," dissi ridendo.

"Certo che sei proprio strana," replicò lei con un'espressione interdetta.

"Ma scusa, prendi il mare: non è bellissimo? E perché le luci della città brillano come le stelle? E guarda il villaggio: visto da qui è tutto scuro, si distinguono solo i profili della montagna e della collina, eppure lì in mezzo ci sono io: non ti sembra una cosa incredibile, se ci pensi?"

"Perché il villaggio veglia sulle tombe, e la montagna e la collina lo nascondono alla vista."

"Io e te ormai siamo amiche, vero? Qui di amici non ne ho più, non sai quanto mi senta sola. Donne della mia età proprio non ce ne sono. Torna a trovarmi, mi raccomando."

Scoppiò a ridere. "Ma che stai dicendo? Guarda che sono morta. Che tipo che sei."

"Un tipo libero. È proprio perché posso andare più lontano di te che il mio corpo forse resterà sempre nello stesso posto. Però, sai, Nomura e io siamo un uomo e una donna giovani. Nella remota eventualità che tra noi nasca qualcosa, e non credo, bisogna tener conto del fatto che qui non ci sono altri giovani… Insomma, se per esempio dovessimo scambiarci un bacio, e tu dovessi vederci, poi mi appariresti in sogno per sgridarmi, credo. Questa in effetti potrebbe essere una seccatura."

Solo nei sogni si può parlare in modo tanto schietto. Lei si mise a ridere.

"All'inizio queste cose mi spaventavano moltissimo. A poco a poco però mi sta passando. Ci faccio sempre meno caso. Diventa un po' come guardare una pianta o le stelle, il mare o il cielo: ciò che è bello è bello, ciò che è pieno di vita è bello. Con il tempo si inizia a pensarla così e la gelosia svanisce. Forse non ti sembrerà granché, ma è come guardare un paesaggio: ci si sente coinvolti solo fino a un certo punto. Quindi non sarebbe un problema. Fate quello che volete.

I primi tempi, vedere Nomura che si angustiava mi faceva stare bene, per me era come una specie di nutrimento. Il dolore dei vivi era nutrimento per me che ero morta. Ero morta, ma ne avevo ancora bisogno. Noi esseri umani siamo incontentabili, non ti pare?

Poco alla volta, però, quel desiderio si è placato e ho cominciato a provare gioia quando lo vedevo sorridere. Cosa si prova nel veder fiorire il convolvolo? Solo gioia, no? Quando vedi una lumaca che attraversa la strada, dentro di te non puoi fare a meno di tifare per lei, giusto? Con il tempo ho cominciato a provare sentimenti più simili a questi, sono diventata sempre meno gelosa e possessiva. E in effetti significa che gli esseri umani, in fondo, non sono poi così male."

"Dimmi come ti chiami," le domandai.

"Nomura Momoko."

"Momoko. E il tuo cognome resterà Nomura per tutta la vita."

"La vita per me si è conclusa, ormai, quindi mi terrò il cognome, con mia grande gioia," scherzò. Le strinsi la mano e dissi: "Porterò con me il tuo nome anche fuori dal mondo dei sogni. Lo custodirò come si custodisce un tesoro. Mi aggrapperò all'ultimo scampolo di questo sogno".

Nel sogno il vento era una brezza leggera che soffiava sulla sabbia dove, nel senso letterale del termine, ero nata.

Il soffio lieve del vento tra i capelli sottili di Momoko si spinse fino ai margini del sogno. Sotto le mani sentivo ancora la grana ruvida del cemento.

Aprii gli occhi e per qualche istante non riuscii a capire dove mi trovassi.

Ero in bilico sul bordo del letto, da dove vedevo sia il soffitto che il pavimento. Nella mano destra stringevo un pezzetto di alga *wakame*.

Giusto: la sera prima avevo la sensazione che avrei fatto un brutto sogno e quindi mi ero addormentata con la *wakame* perché mi infondeva tranquillità.

Accostai quel pezzetto di alga spiegazzata alla guancia. Il sentore di sodio mi calmò. Ero lì, ero viva.

Insieme all'alga c'era anche il nome di quella donna, Momoko, che avevo portato con me dal mondo dei sogni. Lo ripetei più e più volte per non dimenticarlo. La mia nuova amica Momoko, Momoko.

Cominciai a lavarmi i denti e, con lo spazzolino in bocca, uscii dal portone di casa. Sul vialetto, in mezzo alla foschia, inciampai su un sasso.

La signora Ceppo era tornata? Ma feci appena in tempo a pensarlo che notai, proprio vicino al sasso, un piccolo mazzo di fiori. Erano gli stessi fiori di campo che portavo a Stonehenge, tenuti insieme da un nastrino.

Di sicuro la signora Ceppo aveva ricevuto in sogno la richiesta di portarceli. Dalla donna della casa dietro la nostra. Il residuo di gentilezza della signora Ceppo, insieme a una singolare forma di gratitudine di quella donna, si era manifestato in quel mazzo di fiori di campo.

I loro colori delicati si accordavano perfettamente alla superficie del sasso screziata di arancione.

Ancora una volta, una combinazione di fiori e pietre suscitò in me un senso di meraviglia.

Quando posavo fiori davanti alle pietre di Stonehenge, lassù in mezzo ai prati, mi sentivo animata da una sensazione unica di solennità, come se stessi partecipando alla composizione di un grande disegno della natura.

Quella scena era un ottimo preludio al nuovo capitolo della mia vita che stava per cominciare.

Anche quel giorno avrei avuto tanto da fare. Dovevo spazzare il giardino, lavare il pavimento dell'ingresso, lucidare le vetrate, preparare la colazione per mio padre e Nomura, uscire per la spesa. Il pomeriggio avrebbe diradato la nebbia e portato la luce, annunciando che la primavera era sbocciata. Anche quel giorno, lungo la strada, avrei visto tanti fiori colorati. Dietro casa nostra forse le piante si erano già riempite di gemme, e in breve tempo avrebbero coperto tutte le cose brutte che erano capitate in passato. Le leggi della natura non conoscono rallentamenti. Scorrere, marcire, nascere. E non conoscono nemmeno accelerazioni. Il tempo della natura è la sola legge che conosciamo.

Con lo spazzolino ancora in bocca osservai il contrasto tra il rosa tenue dei fiori e il sasso. Con lo sguardo dolce di chi osserva la natura in lontananza e quella del proprio cuore.

Di fronte ai grandi cambiamenti, possono verificarsi situazioni positive o negative.

È un fatto scontato.

Ad agitare la superficie calma del lago si solleva ciò che si era depositato sul fondo e anche l'aria esterna ne risente. L'acqua si intorbidisce, ma ogni movimento fa affiorare nuove meraviglie. Poi l'acqua si calma e torna limpida, ma il lago non è più identico a com'era prima. Non è migliore né peggiore, è solo cambiato.

Erano questi i pensieri che mi accompagnavano lungo il cammino, mentre il mondo e io ci guardavamo con occhi sognanti, ci sostenevamo l'un l'altra.

Perché non ero io sola a guardare. Ero anche guardata.

E da dove veniva quello sguardo? Forse non dal cielo, forse da qualche parte dentro di me.

Quello sguardo che scaturiva da dentro era una finestra aperta sul mondo, il passaggio che permetteva all'energia di entrare e uscire. Ecco perché il mondo conosce lo sguardo che gli rivolgo.

I nostri antenati forse non sapevano bene come spiegarselo e hanno deciso di chiamarlo "dio".

Ecco perché ho scelto di vivere pienamente, apprezzando ogni istante, giorno dopo giorno. Ecco perché ho scelto la vita semplice e infinita che questo piccolo villaggio, quest'angolo di mondo, ha voluto offrirmi.

Postfazione

Tra tutti i personaggi che ho creato, Miki, la protagonista di questa storia, è quella che suscita in me la maggiore tenerezza.

Questo romanzo, invece, è forse il più triste.

E forse è anche il più spensierato. Ho l'impressione che lasci un retrogusto dolce, ma in ogni caso non dipende dalla mia volontà.

Vorrei che riuscisse a illuminare anche le tenebre più oscure.

Quando mio padre è morto stavo male, malissimo. Sono andata in Inghilterra per documentarmi ma era come se i miei occhi non vedessero niente. Anche nei momenti di allegria trascorsi insieme a cari amici e alle loro famiglie, persone veramente splendide, nella mia mente continuavano a scorrere le immagini di mio padre prossimo alla morte. La mia testa era un turbine di rimpianti: se solo fossi andata a trovarlo un'ultima volta, se quella notte fossi rimasta in ospedale accanto a lui.

Mentre mi trovavo in quello stato d'animo, l'Inghilterra mi ha accolto con grande generosità e dolcezza.

Ho capito che la cultura degli anni settanta, che ho sempre adorato, non ha avuto origine negli Stati Uniti, bensì in Inghilterra.

E al mio ritorno a casa, quando trovai ad aspettarmi altri

dolori, la nostalgia dei giorni trascorsi laggiù si acuì ulteriormente. Se solo avessi potuto continuare a viaggiare, se solo avessi potuto fuggire.

Ma il mio mondo è a Tōkyō. Mi sono messa a scrivere e ho continuato, un giorno dopo l'altro, nel tentativo di dimenticare tutto il resto.

Ero quasi incosciente mentre scrivevo questo romanzo, e ci sono tante cose che nemmeno mi ricordo.

È stato come vivere un'esperienza di canalizzazione: è successo tutto indipendentemente dalla mia volontà.

Voglio ringraziare mio padre, perché è per lui che sono riuscita a scrivere questo libro.

Forse non eri un tipo in gamba come il nonno di Miki, ma per me sei stato il padre migliore del mondo.

25 luglio 2013

Glossario

bentō: pasto da asporto e il suo contenitore. Lo si può preparare in casa o acquistare già pronto in negozio.

-chan: suffisso posposto al nome di persone, più spesso bambini e giovani donne, con le quali si intrattengono rapporti particolarmente confidenziali.

haniwa: statue di terracotta forgiate a uso rituale, come oggetti funerari, soprattutto tra il III e il VI secolo. Di recente si è avuto un rinnovato interesse verso queste statuette, utilizzate a scopo prettamente decorativo.

konbini: forma contratta di *convenience store*. Il termine indica una tipologia di negozio generalmente aperto tutto l'anno, ventiquattr'ore su ventiquattro, che vende generi vari.

-kun: suffisso posposto a nomi di persona, più spesso di genere maschile, per indicare un certo grado di familiarità, in particolare se utilizzato verso individui di giovane età.

oden: zuppa composta da vari ingredienti, come uova, radici, alghe o verdure. Viene servita molto calda e si consuma prevalentemente d'inverno.

onigiri: polpette di riso condito con vari ingredienti e decorate con un'alga. Può avere forma triangolare o sferica, e si consuma generalmente come pasto veloce.

udon: pasta lunga di farina di frumento di formato piuttosto spesso. Gli *udon* si consumano caldi, in brodo, oppure freddi, intingendoli in una zuppa servita a parte.

wakame: alga, dal sapore particolarmente delicato, utilizzata nella cucina giapponese sia fresca che essiccata.

"I Narratori"

Ultimi volumi pubblicati

Mateo García Elizondo, *Appuntamento con la Lady*

Giacomo Papi, *La riscossa dei radical chic*

Ingo Schulze, *Peter Holtz*

George Saunders, *Volpe 8*

Paolo Di Paolo, *Lontano dagli occhi*

Claudia Casanova, *Storia di un fiore*

Paola Masino, *Nascita e morte della massaia*

Isabel Allende, *Lungo petalo di mare*